カラー文庫

百人一首

はしがき

百人一首の成立については今日でも論議が絶えませんが、藤原定家が蓮生入道《れんじょうにゅうどう》に頼まれて、嵯峨《さが》中院山荘《なかのいんさんそう》の障子《ふすま》に張る色紙を京都の小倉山にある山荘で書したものを起源だとする説が、現在では一般的になっています。

百人の歌人、一人につき一首ずつ選するという意味で、「百人一首」と呼ばれ、通常は定家の書いた百人一首のことを指します。しかし、後世、同じ形式による「武家百人一首」「新百人一首」「女房百人一首」など数多くの百人一首が作られるようになり、それらと区別するために書かれた場所にちなんで「小倉百人一首」と呼ぶようになったと言われています。

「小倉百人一首」は天智天皇から順徳院まで時代順に配列されていることから、和歌史を知る上でも重要な文献となっています。さらに、その作品すべてが流麗で優艶であるので、古来、和歌を学ぶ上でも、書道を学ぶ上でもかかせない手本とされてきました。

現在、百人一首と言えば「かるた」、「かるた」と言えば百人一首と言うほど、百人一首は「かるた」として広く一般に親しまれていますが、前述のように、百人一首は初めから「かるた」として作られたわけではありません。その起源については、鎌倉時代末とも、室町時代とも言われていますが詳細は不明です。しかし、江戸時代には数多くの「かるた」が作られ、現在と同じ形の「小倉百人一首かるた」を、公家・武家・町人など幅広い層の人々が楽しんでいました。

「かるた」という形になったことで、子供から大人まで、遊びながら優雅な王朝時代の歌を覚えられ、暗誦されている方も多いようですが、その歌の意味や作者については詳しく理解されていないように思われます。

今回、本書を刊行するにあたり、歌の解釈と作者略歴を「今様百人一首吾妻錦」の歌仙絵とともに一頁にまとめ、美しい錦絵を見ながら歌の意味を理解するだけではなく、作者の人となりに多少なりとも触れられるよう構成いたしました。さらに、巻末には作者のエピソードを収録しましたので、より深く百人一首に親しんでいただくことができると思います。

この一冊が豊饒な和歌の世界への良き道案内となれば幸いです。

一九九四年十一月

二〇一九年十一月（新装版）

マール社編集部

目次

●上段の数字は歌の頁を、下段の数字はエピソードの頁をそれぞれ示している。
●歌の頭に示した数字は、百人一首の一連番号である。

1 秋の田の……天智天皇 10・112
2 春過ぎて……持統天皇 11・112
3 あし引きの……柿本人麿 12・112
4 田子の浦に……山部赤人 13・112
5 奥山に……猿丸大夫 14・113
6 かささぎの……中納言家持 15・113
7 天の原……安倍仲麿 16・113
8 わが庵は……喜撰法師 17・113
9 花の色は……小野小町 18・114
10 これやこの……蟬丸 19・114
11 わたの原(八十島)……参議篁 20・114
12 天つ風……僧正遍昭 21・114
13 筑波嶺の……陽成院 22・115
14 陸奥の……河原左大臣 23・115
15 君がため(春の)……光孝天皇 24・115
16 立ち別れ……中納言行平 25・115
17 ちはやぶる……在原業平朝臣 26・116
18 住の江の……藤原敏行朝臣 27・116
19 難波潟……伊勢 28・116
20 わびぬれば……元良親王 29・116
21 今来むと……素性法師 30・117
22 吹くからに……文屋康秀 31・117
23 月見れば……大江千里 32・117
24 このたびは……菅家 33・117
25 名にし負はば……三条右大臣 34・118
26 小倉山……貞信公 35・118
27 みかの原……中納言兼輔 36・118
28 山里は……源宗于朝臣 37・118
29 心あてに……凡河内躬恒 38・119
30 有明の……壬生忠岑 39・119

31 朝ぼらけ(有明)……坂上是則 40・119
32 山川に……春道列樹 41・119
33 久方の……紀友則 42・120
34 誰をかも……藤原興風 43・120
35 人はいさ……紀貫之 44・120
36 夏の夜は……清原深養父 45・120
37 白露に……文屋朝康 46・121
38 忘らるる……右近 47・121
39 浅茅生の……参議等 48・121
40 忍ぶれど……平兼盛 49・121
41 恋すてふ……壬生忠見 50・122
42 契りきな……清原元輔 51・122
43 あひ見ての……権中納言敦忠 52・122
44 逢ふことの……中納言朝忠 53・122
45 あはれとも……謙徳公 54・123
46 由良の門を……曽禰好忠 55・123
47 八重葎……恵慶法師 56・123
48 風をいたみ……源重之 57・123

49 みかきもり……大中臣能宣朝臣 58・124
50 君がため(惜し)……藤原義孝 59・124
51 かくとだに……藤原実方朝臣 60・124
52 明けぬれば……藤原道信朝臣 61・124
53 嘆きつつ……右大将道綱母 62・125
54 忘れじの……儀同三司母 63・125
55 滝の音は……大納言公任 64・125
56 あらざらむ……和泉式部 65・125
57 めぐり逢ひて……紫式部 66・126
58 有馬山……大弐三位 67・126
59 やすらはで……赤染衛門 68・126
60 大江山……小式部内侍 69・126
61 いにしへの……伊勢大輔 70・127
62 夜をこめて……清少納言 71・127
63 今はただ……左京大夫道雅 72・127
64 朝ぼらけ(宇治)……権中納言定頼 73・127
65 恨みわび……相模 74・128
66 もろともに……前大僧正行尊 75・128

67 春の夜の……………………周防内侍 76・128
68 心にも……………………三条院 77・128
69 嵐吹く……………………能因法師 78・129
70 さびしさに………………良暹法師 79・129
71 夕されば…………………大納言経信 80・129
72 音にきく…………………祐子内親王家紀伊 81・129
73 高砂の……………………権中納言匡房 82・130
74 うかりける………………源俊頼朝臣 83・130
75 契りおきし………………藤原基俊 84・130
76 わたの原（こぎ）…法性寺入道前関白太政大臣 85・130
77 瀬を早み…………………崇徳院 86・131
78 淡路島……………………源兼昌 87・131
79 秋風に……………………左京大夫顕輔 88・131
80 長からむ…………………待賢門院堀河 89・131
81 ほととぎす………………後徳大寺左大臣 90・132
82 思ひわび…………………道因法師 91・132
83 世の中よ…………………皇太后宮大夫俊成 92・132
84 ながらへば………………藤原清輔朝臣 93・132
85 夜もすがら………………俊恵法師 94・133
86 なげけとて………………西行法師 95・133
87 村雨の……………………寂蓮法師 96・133
88 難波江の…………………皇嘉門院別当 97・133
89 玉の緒よ…………………式子内親王 98・134
90 見せばやな………………殷富門院大輔 99・134
91 きりぎりす…後京極摂政前太政大臣 100・134
92 わが袖は…………………二条院讃岐 101・134
93 世の中は…………………鎌倉右大臣 102・135
94 み吉野の…………………参議雅経 103・135
95 おほけなく………………前大僧正慈円 104・135
96 花さそふ…………………入道前太政大臣 105・135
97 来ぬ人を…………………権中納言定家 106・136
98 風そよぐ…………………従二位家隆 107・136
99 人もをし…………………後鳥羽院 108・136
100 ももしきや………………順徳院 109・136
上句索引……………………137
人名索引……………………141

カラー文庫

百人一首

一　秋《あき》の田《た》のかりほの庵《いほ》の苫《とま》を荒《あら》み我衣手《わがころもで》は露《つゆ》にぬれつつ

〈後撰集・秋中〉

天《てん》智《ち》天《てん》皇《のう》

秋《あき》の田《た》の
かりほの庵《いほ》の
苫《とま》を荒《あら》み
我《わが》衣《ころも》手《て》は
露《つゆ》にぬれつつ

解釈

秋の田の刈り入れ用の仮小屋は苫が荒く粗末なので、(独りで居るのも寂しく涙で濡れそうなのに) 田守をしている私の着物の袖は夜露に濡れ続けているのです。

作者略歴

六二六年～六七一年。父は舒明《じょめい》天皇。母は皇極《こうぎょく》女帝。中大兄皇子《なかのおおえのおうじ》と呼ばれた青年時代に藤原鎌足《かまたり》と共に大化改新（蘇我大臣家の勢力を滅ぼず）を行なった。

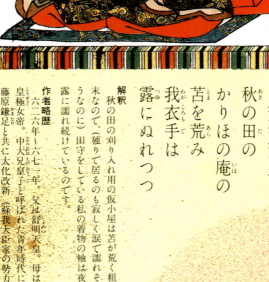

2 春《はる》過《す》ぎて夏《なつ》来《き》にけらし白妙《しろたへ》の衣《ころも》ほすてふ天《あま》の香具山《かぐやま》

持統天皇《じとうてんのう》

春《はる》過《す》ぎて
夏《なつ》来《き》にけらし
白妙《しろたへ》の
衣《ころも》ほすてふ
天《あま》の香具山《かぐやま》

解釈
いつの間にか春が過ぎて夏がやってきたようです。夏になると白い衣をほすという天の香具山よ。（見渡すと天の香具山には白い衣があんなにほしてあります。）

作者略歴
六四五年～七〇二年。父は天智天皇。母は蘇我遠智娘《そがのおちのいらつめ》。天武天皇に嫁ぎ、後に即位。天皇在位十一年で孫の文武天皇に譲位。

〈新古今集・夏〉

3

あし引《ひ》きの山鳥《やまどり》の尾《を》のしだり尾《を》のながながし夜《よ》をひとりかも寝《ね》む

柿本《かきのもとの》人《ひと》麿《まろ》

あし引《ひ》きの
山《やま》鳥《どり》の尾《を》の
しだり尾《を》の
ながながし夜《よ》を
ひとりかも寝《ね》む

〈拾遺集・恋三〉

解釈

（夜になると雌雄が谷を隔てて寝ると言われている）山鳥の垂れた尾のように長い長い夜を、恋人にも逢えないで、独りで寝るのは寂しく辛いことだなあ。

作者略歴

生没年未詳。持統・文武朝（七世紀末～八世紀初）にかけて活躍した宮廷歌人。「万葉集」や「古今集」などに多く作品を残し、歌聖と仰がれている。三十六歌仙の一人。

山部《やまべの》赤人《あかひと》

田子《たご》の浦《うら》に
うち出《い》でてみれば
白妙《しろたへ》の
富士《ふじ》の高嶺《たかね》に
雪《ゆき》は降《ふ》りつつ

解釈
田子の浦に進み出て、遙かかなたを眺めると、真白な富士山の高い峰に、しんしんと雪は降り続いております。

作者略歴
生没年未詳。奈良時代初期(聖武天皇時代)の宮廷歌人。短歌・叙景歌に優れていた。「古今集」では柿本人麿と共に二聖とされている。三十六歌仙の一人。

〈新古今集・冬〉

4
田子《たご》の浦《うら》にうち出《い》でてみれば白妙《しろたへ》の富士《ふじ》の高嶺《たかね》に雪《ゆき》は降《ふ》りつつ

5

奥山《おくやま》に紅葉《もみぢ》踏《ふ》みわけ鳴《な》く鹿《しか》の声《こゑ》きく時《とき》ぞ秋《あき》は悲《かな》しき

猿丸大夫《さるまるたいふ》

奥山《おくやま》に
紅葉《もみぢ》踏《ふ》みわけ
鳴《な》く鹿《しか》の
声《こゑ》きく時《とき》ぞ
秋《あき》は悲《かな》しき

〈古今集・秋上〉

解釈

人里離れた山奥で、散り落ちた紅葉《もみじ》を踏み分けながら鹿が鳴いております。その声を聞くと、寂しい秋がとても悲しく感じられます。

作者略歴

生没年未詳。三十六歌仙の一人だが、伝記は全く不明である。『三十六人集』に猿丸大夫集があるだけで、これも実作とは認められず、実在の人物かどうかも確実でない。

6 かささぎの渡《わた》せる橋《はし》に置《お》く霜《しも》の白《しろ》きを見《み》れば夜《よ》ぞふけにける

中納言家持《ちゅうなごんやかもち》

かささぎの
渡《わた》せる橋《はし》に
置《お》く霜《しも》の
白《しろ》きを見《み》れば
夜《よ》ぞふけにける

解釈

（かささぎが渡したという天上の橋）宮中の御階《みはし》の上に、真白に霜がおりているのを見ると、夜はもうすっかり更けたのだなあ。

作者略歴

七一八年～七八五年。大伴家持《おおとものやかもち》と呼ばれる。父は大納言《だいなごん》大伴旅人《おおとものたびと》。「万葉集」を遍纂した。天平時代の代表的歌人。三十六歌仙の一人。

〈新古今集・冬〉

7 天《あま》の原《はら》ふりさけ見《み》れば春日《かすが》なる三笠《みかさ》の山《やま》に出《い》でし月《つき》かも

安《あ》部《べの》仲《なか》麿《まろ》

天《あま》の原《はら》
ふりさけ見《み》れば
春日《かすが》なる
三笠《みかさ》の山《やま》に
出《い》でし月《つき》かも

〈古今集・羇旅《きりょ》〉

解釈

大空を仰いで見ると、今しも月が美しく昇っております。あの月は、故郷の春日にある三笠山に昇っていた月と同じ月なのかなあ。(今も三笠山には同じ月が昇っていることだろうなあ。)

作者略歴

六九八年～七七〇年。七一七年に吉備真備《きびのまきび》・玄昉《げんぼう》らと共に入唐した。唐の玄宗皇帝に仕え、詩人李白や王維と親交を重ねた。

8

わが庵《いほ》は都《みやこ》の辰巳《たつみ》しかぞ住《す》む世《よ》をうぢ山《やま》と人《ひと》はいふなり

喜撰法師《きせんほうし》

わが庵《いほ》は
都《みやこ》の辰巳《たつみ》
しかぞ住《す》む
世《よ》をうぢ山《やま》と
人《ひと》はいふなり

解釈

私の庵は都の東南（宇治山）の山里にあり、心穏やかに住んでおります。なのに世間の人人は、私が隠遁した憂し山と言っているのですね。

作者略歴

生没年未詳。六歌仙の一人とされているが、伝記も不明である。作品もほとんど伝わっていない。

〈古今集・雑下〉

9 花《はな》の色《いろ》は移《うつ》りにけりないたづらにわが身世《みよ》にふるながめせし間《ま》に

小野《おのの》小町《こまち》

花《はな》の色《いろ》は
移《うつ》りにけりな
いたづらに
わが身世《みよ》にふる
ながめせし間《ま》に

〈古今集・春下〉

解釈

美しかった花（桜）の色も、長雨に打たれてすっかり褪せてしまったことだなあ。長雨を眺めながら物思いにふけっている間に。（同じように、私も浮世のあれこれに悩んで時を過ごしている間に容色が衰えてしまった。）

作者略歴

生没年未詳。六歌仙・三十六歌仙の一人。女流歌人。参議篁の孫とも小野良真の女とも言われている。

10
これやこの行《ゆ》くも帰《かへ》るも別《わか》れては知《し》るも知《し》らぬも逢坂《あふさか》の関《せき》

蟬《せみ》丸《まる》

これやこの
行《ゆ》くも帰《かへ》るも
別《わか》れては
知《し》るも知《し》らぬも
逢坂《あふさか》の関《せき》

解釈

これがまあ、都から東国へ行く人も、東国から都へ帰る人もここで逢っては別れ、見知っている人も、知らない人もここで逢うという、逢坂の関なのだなあ。

作者略歴

生没年未詳。伝記も不明。宇多天皇の皇子敦実親王に仕えた雑色で、琵琶の名手だったといわれるが確実とはいえない。

〈後撰集・雑一〉

一一　わたの原《はら》八十島《やそしま》かけて漕《こ》ぎ出《い》でぬと人《ひと》には告《つ》げよ海人《あま》の釣舟《つりぶね》

参議篁《さんぎたかむら》

わたの原《はら》
八十島《やそしま》かけて
漕《こ》ぎ出《い》でぬと
人《ひと》には告《つ》げよ
海人《あま》の釣舟《つりぶね》

〈古今集・羇旅《きりょ》〉

解釈
広々とした大海原に散在している数多くの島に向って、私の乗った舟は漕ぎ出して行ったと、都のあの人に伝えておくれ。釣舟の漁師たちよ。

作者略歴
八〇二年〜八五二年。小野篁と呼ばれる。父は参議岑守。隠岐へ流されるが、後に復官し参議・従三位に至った。

12
天《あま》つ風《かぜ》雲《くも》のかよひ路《ぢ》ふきとぢよ乙女《をとめ》の姿《すがた》しばしとどめむ

僧正遍昭《そうじょうへんじょう》

天《あま》つ風《かぜ》
雲《くも》のかよひ路《ぢ》
ふきとぢよ
乙女《をとめ》の姿《すがた》
しばしとどめむ

解釈

空を吹き渡る風よ、天女たちが天と地の間を行き交う路を吹き閉じておくれ。美しい天女たちの姿を、今しばらく地上に引留めておきたいと思うから。

作者略歴

八一六年～八九〇年。良岑宗貞《よしみねのさだのぶ》と呼ばれている。桓武《かんむ》天皇の孫。仁明天皇に寵愛されるが、天皇の崩御と共に出家し遍昭と称する。六歌仙・三十六歌仙の一人。

〈古今集・雑上〉

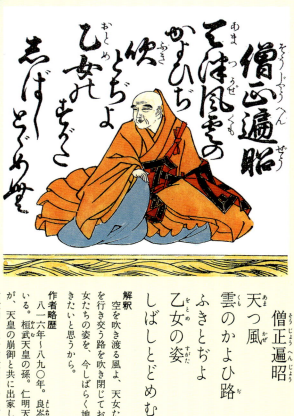

13 筑波嶺《つくばね》の峯《みね》より落《お》つるみなの川《がは》恋《こひ》ぞつもりて淵《ふち》となりぬる

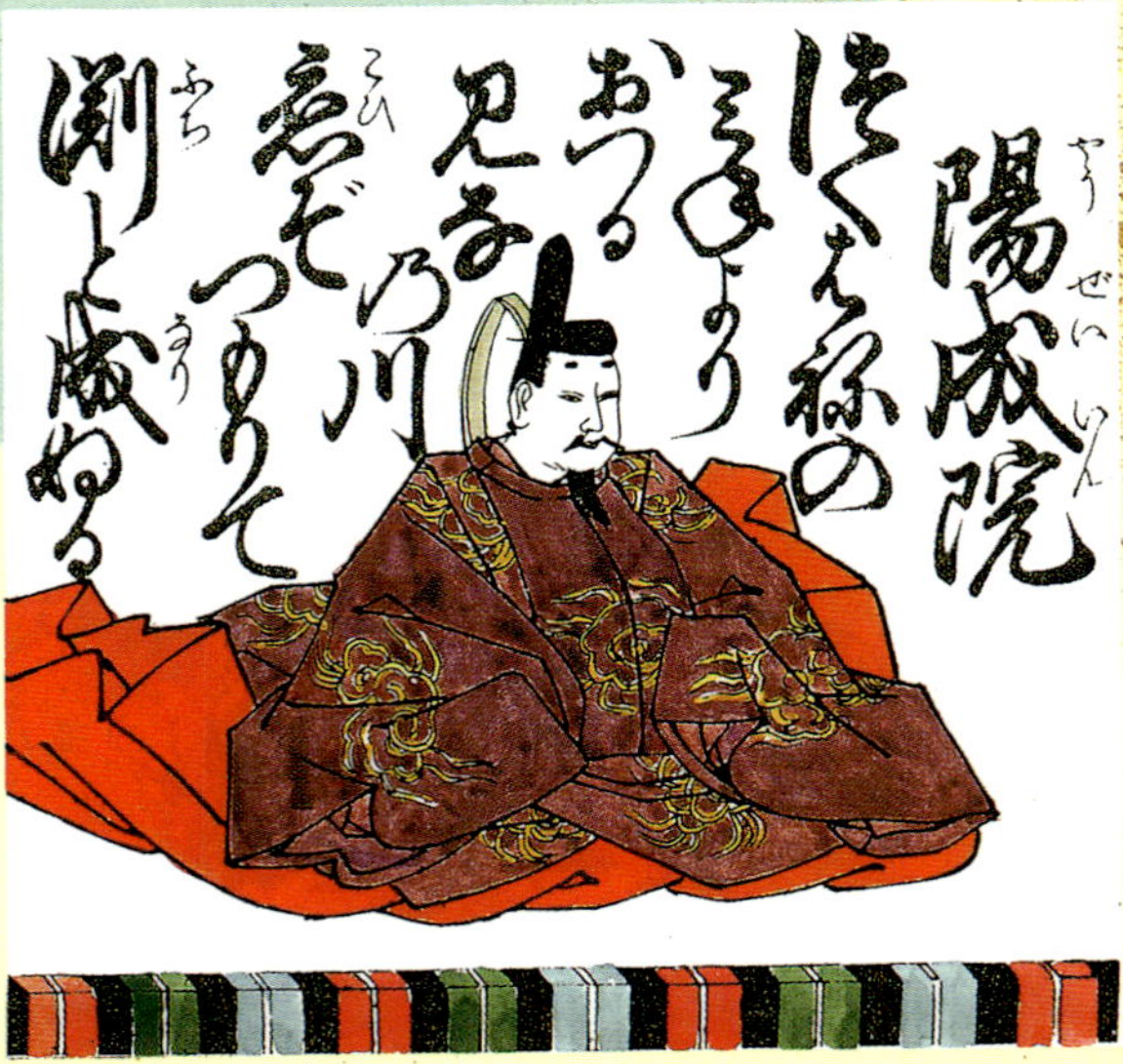

〈後撰集・恋三〉

陽成院《ようぜいいん》

筑波嶺《つくばね》の
峯《みね》より落《お》つる
みなの川《がは》
恋《こひ》ぞつもりて
淵《ふち》となりぬる

解釈

筑波山の峰からしたたり流れ落ちる水が、少しずつ集まり細い川となり、そしてみなの川となるように、あなたに対する恋心も、日毎に積もって今では深く淵のようになってしまったことよ。

作者略歴

八六八年～九四九年。清和天皇の第一皇子。十歳で即位するが、病質の為八年後に譲位。

14 陸奥《みちのく》のしのぶもぢずり誰《たれ》ゆゑに乱《みだ》れそめにし我《われ》ならなくに

河《か》原《わらの》左《さ》大《だい》臣《じん》

陸奥《みちのく》の
しのぶもぢずり
誰《たれ》ゆゑに
乱《みだ》れそめにし
我《われ》ならなくに

解釈

陸奥の信夫《しのぶ》の里に産する「しのぶ摺《す》り」の乱れ模様のように、私の心は忍ぶ心に乱れております。これは誰の他でもなくあなたのせいなのですよ。（なのにあなたはひどく情無《つれな》いのですね。）

作者略歴

八二二年～八九五年。源融《みなもとのとおる》。嵯峨天皇の皇子。東六条に河原院などの豪邸を造る。宇治に造った別荘は後の平等院である。

〈古今集・恋四〉

15

君《きみ》がため春《はる》の野《の》に出《い》でて若菜《わかな》つむわが衣手《ころもで》に雪《ゆき》は降《ふ》りつつ

光《こう》孝《こう》天《てん》皇《のう》

君《きみ》がため
春《はる》の野《の》に出《い》でて
若菜《わかな》つむ
わが衣手《ころもで》に
雪《ゆき》は降《ふ》りつつ

〈古今集・春上〉

解釈
あなたに差し上げようと思い、早春の野に出でて若菜を摘んでおります私の袖に、淡雪がずいぶん降ってまいります。

作者略歴
八三〇年～八八七年。仁明天皇の皇子。母は藤原沢子。陽成天皇の後、五十五歳で即位。仁和の帝とも呼ばれる。

中納《ちゅうな》言《ごん》行《ゆき》平《ひら》

立《た》ち別《わか》れ
いなばの山《やま》の
峰《みね》に生《お》ふる
まつとしきかば
今《いま》帰《かへ》りこむ

解釈
あなたとも別れて因幡《いなば》の国へと赴任しますが、因幡山の峰に生えている松のように、あなたが私を待っていてくれると聞いたならば、私は今すぐにでも帰って参りましょう。

作者略歴
八一八年～八九三年。平城天皇の皇子である阿保親王の子で、在原業平の兄。「在民部卿家歌合」を主催。

〈古今集・離別〉

16
立《た》ち別《わか》れいなばの山《やま》の峰《みね》に生《お》ふるまつとしきかば今《いま》帰《かへ》りこむ

17 ちはやぶる神代《かみよ》もきかず龍田川《たつたがは》から紅《くれなゐ》に水《みづ》くくるとは

〈古今集・秋下〉

在原《ありわらの》業《なり》平《ひら》朝《あ》臣《そん》

ちはやぶる
神代《かみよ》もきかず
龍田川《たつたがは》
から紅《くれなゐ》に
水《みづ》くくるとは

解釈
　不思議なことの多かったといわれる神代にも聞いたことがありません。龍田川一面に、真赤に染まった紅葉が散り敷かれるというようなことは。（まるで唐紅《からくれなゐ》の括《くく》り染（絞り染）のように。）

作者略歴
　八二五年〜八八〇年。阿保親王の子。中納言行平とは異母兄弟。六歌仙・三十六歌仙の一人。「伊勢物語」のモデルといわれている。

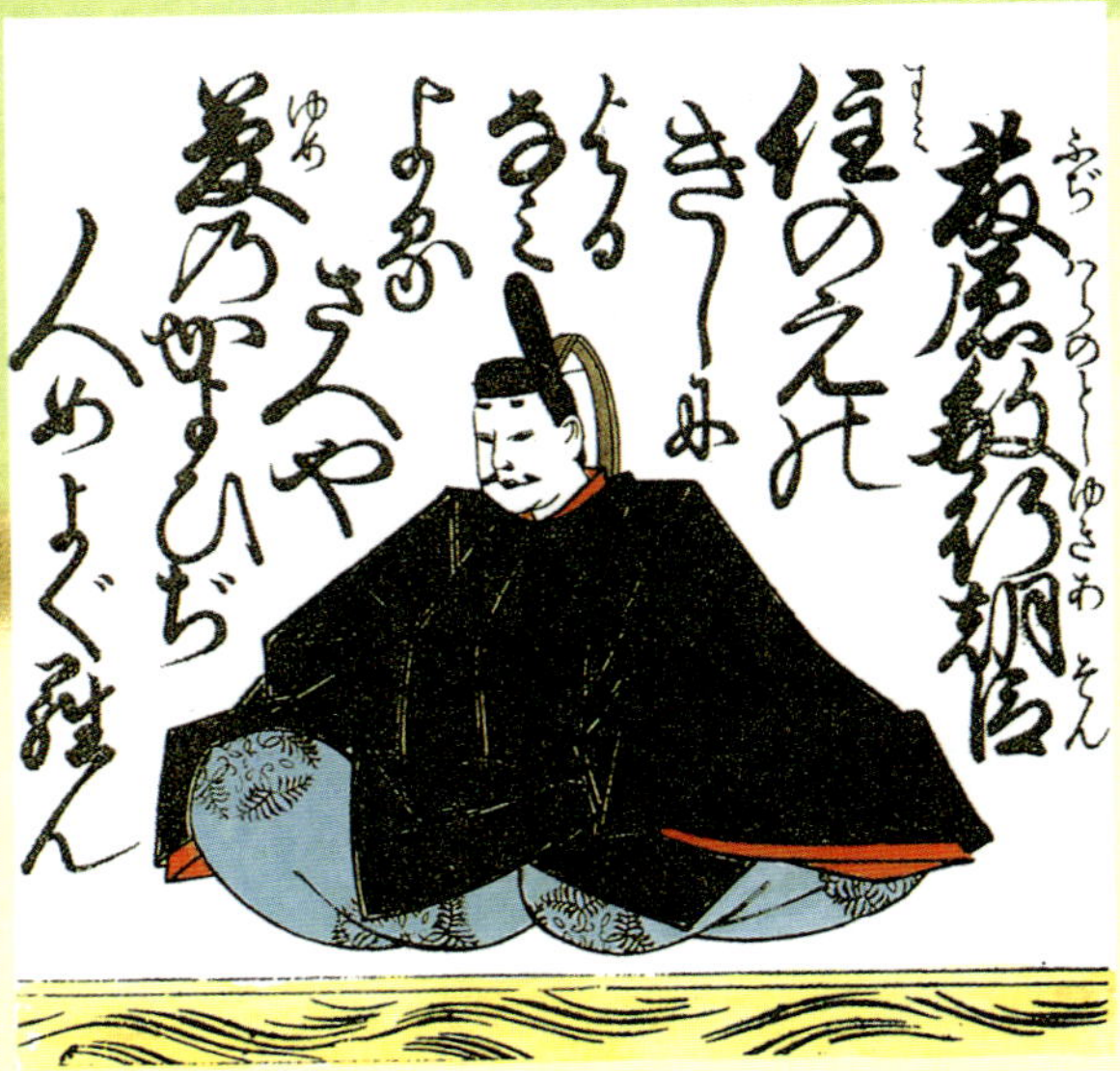

18
住《すみ》の江《え》の岸《きし》による波《なみ》よるさへや夢《ゆめ》の通《かよ》ひぢ人目《ひとめ》よくらむ

藤原《ふじわらの》敏行《としゆき》朝臣《あそん》

住《すみ》の江《え》の
岸《きし》による波《なみ》
よるさへや
夢《ゆめ》の通《かよ》ひぢ
人目《ひとめ》よくらむ

解釈

住の江の岸に打ち寄せる波のように、あなたに寄りたいと願っているのに、この頃は夜の夢の中にも恋人は現れてくれません。夢の中の通い路でさえ人目を避けようとするのはなぜでしょうか。

作者略歴

生没年未詳。按察使《あぜち》藤原富士麿の子。能書家として空海と並び称される。三十六歌仙の一人。

〈古今集・恋二〉

19 難《な》波《には》潟《がた》短《みぢか》き蘆《あし》のふしの間《ま》も逢《あ》はでこの世《よ》を過《す》ぐしてよとや

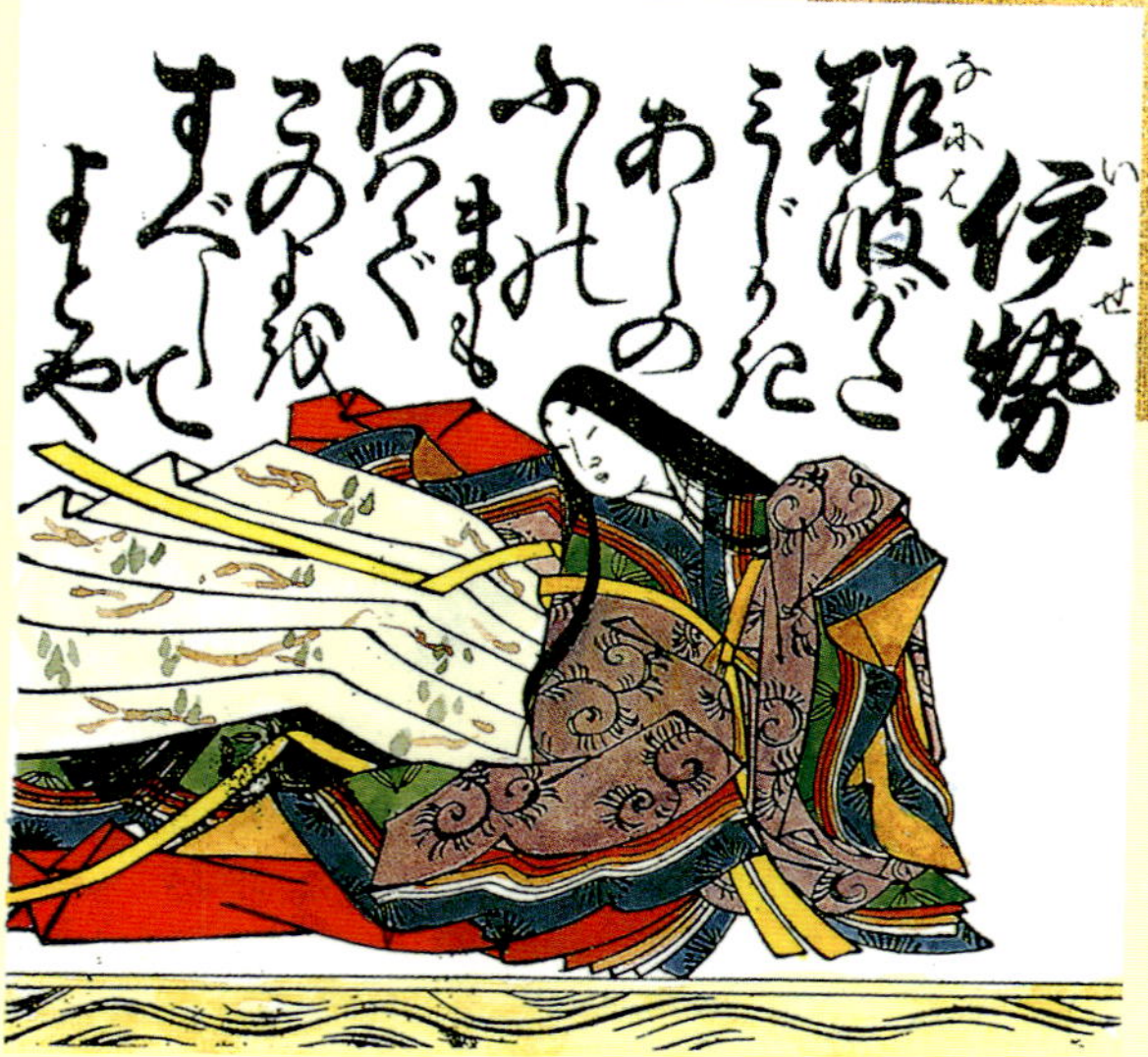

伊勢《いせ》

難波潟《なにはがた》
短《みぢ》かき蘆《あし》の
ふしの間《ま》も
逢《あ》はでこの世《よ》を
過《す》ぐしてよとや

〈新古今集・恋一〉

解釈

難波潟に生えている蘆の、節と節との間のようにほんの僅かの時間さえあなたに逢わずに、私にこの生涯を過して終えてしまえとあなたはおっしゃるのでしょうか。

作者略歴

生没年未詳。伊勢守藤原継蔭《つぐかげ》の女《むすめ》。宇多天皇の中宮温子に仕える。宇多天皇の皇子行明親王を生む。三十六歌仙の一人。

元《もと》良《よし》親《しん》王《のう》

わびぬれば
今《いま》はたおなじ
難《なに》波《は》なる
みをつくしても
逢《あ》はむとぞ思《おも》ふ

解釈
（秘めていたこの恋が露顕してしまい、）これほどまでに苦しみ思い悩んでおります。こうなってしまった今では身を捨てたのも同じことです。いっそのこと難波にある澪標《みおつくし》のように、身を尽くしてもあなたにお逢いしたいと思います。

作者略歴
八九〇年〜九四三年。陽成天皇の皇子。三《さん》品《ぼん》兵《ひょう》部《ぶ》卿《きょう》となり「大和物語」にも登場する。

〈後撰集・恋五〉

20
わびぬれば今《いま》はたおなじ難《なに》波《は》なるみをつくしても逢《あ》はむとぞ思《おも》ふ

21 今来《いまこ》むといひしばかりに長月《ながつき》の有明《ありあけ》の月《つき》を待《ま》ちいでつるかな

〈古今集・恋四〉

素《そ》性《せい》法《ほう》師《し》

今来《いまこ》むと
いひしばかりに
長月《ながつき》の
有明《ありあけ》の月《つき》を
待《ま》ちいでつるかな

解釈

「すぐにお伺いしましょう」と言ったあなたの言葉を信用して毎夜待っておりました。あなたはお見えにならず、九月（長いという月）の夜更けの月を待つことになってしまったことよ。

作者略歴

生没年未詳。良岑玄利《よしみねのはるとし》。父は僧正遍昭。清和天皇に仕え近衛将監となるが、父の意向により出家。三十六歌仙の一人。

文屋《ふんやの》康秀《やすひで》

吹《ふ》くからに
秋《あき》の草木《くさき》の
しをるれば
むべ山風《やまかぜ》を
あらしといふらむ

解釈

吹けばたちまちにして秋の草木が枯れてしまう山風を、なるほど嵐というのだなあ。

作者略歴

生没年未詳。文琳と号した。縫殿助宗于《ぬいどのすけむねゆき》の子。下級地方官を経て縫殿助となるが詳細は不明。六歌仙の一人。

〈古今集・秋下〉

22

吹《ふ》くからに秋《あき》の草木《くさき》のしをるればむべ山風《やまかぜ》をあらしといふらむ

23
月《つき》見《み》ればちぢに物《もの》こそ悲《かな》しけれ我身《わがみ》ひとつの秋《あき》にはあらねど

〈古今集・秋上〉

大《おお》江《えの》千《ち》里《さと》

月《つき》見《み》れば
ちぢに物《もの》こそ
悲《かな》しけれ
我身《わがみ》ひとつの
秋《あき》にはあらねど

解釈
月を眺めていると、いろいろさまざまな物事がとめどなく悲しく感じられることだ。秋は私一人の為にやってくるというわけではないのに。

作者略歴
生没年未詳。阿保親王の孫。参議大江音人の子。寛平・延喜頃のすぐれた漢学者。

24

このたびは幣《ぬさ》もとりあへず手向山《たむけやま》紅葉《もみぢ》の錦神《にしきかみ》のまにまに

菅家《かんけ》

このたびは
幣《ぬさ》も取《と》りあへず
手向山《たむけやま》
紅葉《もみぢ》の錦《にしき》
神《かみ》のまにまに

解釈

今度の旅はあまりにも急なことだったので、幣《ぬさ》を用意する暇もありませんでした。代わりにとりあえず、この錦のように美しい手向山《たむけやま》の紅葉を捧げましょう。神よ、御心のままに御受けになってください。

作者略歴

八四五年～九〇三年。菅原道真。参議是喜の子。宇多・醍醐両天皇に信任され右大臣となるが、藤原時平の讒言《ざんげん》により左遷させられる。

〈古今集・羇旅《きりょ》〉

25 名《な》にし負《お》はば逢坂山《あふさかやま》のさねかづら人《ひと》に知《し》られでくるよしもがな

三条右大臣《さんじょうのうだいじん》

名《な》にし負《お》はば
逢坂山《あふさかやま》の
さねかづら
人《ひと》に知《し》られで
くるよしもがな

〈後撰集・恋三〉

解釈

逢坂山がその名のように、人に逢うというゆかりがあり、その山に茂るさねかづらが、さ寝というようにあなたと一夜過ごせるというのなら、さねかづらを手繰《たぐ》るように、人に知られずにあなたの所に通う手立てはないものでしょうか。

作者略歴

八七三年〜九三二年。藤原定方。内大臣高藤の子。延長二年右大臣となる。

26

小《を》倉《くら》山《やま》峰《みね》のもみぢ葉《ば》心《こころ》あらば今《いま》ひとたびのみゆき待《ま》たなむ

貞信公《ていしんこう》

小《を》倉《ぐら》山《やま》
峰《みね》のもみぢ葉《ば》
心《こころ》あらば
今《いま》ひとたびの
みゆき待《ま》たなむ

解釈

小倉山の峰の紅葉よ、もしもおまえに心があるのなら、もう一度天皇の行幸《みゆき》があるその日まで散らずに美しいまま待っていておくれ。

作者略歴

八八〇年～九四九年。藤原忠平の諡号《しごう》。関白藤原基経の子。政治家として成功し、右・左大臣を経て、摂政・関白・太政大臣と進んだ。

〈拾遺集・雑秋〉

27 みかの原《はら》わきて流《なが》るるいづみ川《がは》いつ見《み》きとてか恋《こひ》しかるらむ

中《ちゅう》納《な》言《ごん》兼《かね》輔《すけ》

みかの原《はら》
わきて流《なが》るる
いづみ川《がは》
いつ見《み》きとてか
恋《こひ》しかるらむ

〈新古今集・恋一〉

解釈

みかの原を分けて、湧いて流れるいずみ川のように、(いずみ――いつ見という言語のように)いつ見染めたという記憶もないのに、あなたが恋しく思われるのはどうしてなのでしょう。

作者略歴

八七七年～九三三年。賀茂川の堤に邸宅があったことから、堤中納言と呼ばれる。三十六歌仙の一人。

28
山里《やまざと》は冬《ふゆ》ぞ寂《さび》しさまさりける人目《ひとめ》も草《くさ》もかれぬと思《おも》へば

源宗于朝臣《みなもとのむねゆきあそん》

山里《やまざと》は
冬《ふゆ》ぞ寂《さび》しさ
まさりける
人目《ひとめ》も草《くさ》も
かれぬと思《おも》へば

解釈
山里は冬ともなると、なるほど淋しさがつのるようだなあ。(他の季節は、自然の美しさを求めて）訪れていた人も途絶え、今まで茂っていた草も枯れてしまったことを思うと。

作者略歴
生年未詳～九三九年。光孝天皇の皇孫。寛平年間に臣籍に下るが官途に恵まれず、正四位右京大夫にとどまる。三十六歌仙の一人。

〈古今集・冬〉

29
心《こころ》あてに折《お》らばや折《お》らむ初霜《はつしも》の置《お》きまどはせる白菊《しらぎく》の花《はな》

凡河内《おおしこうちの》躬恒《みつね》

心《こころ》あてに
折《お》らばや折《お》らむ
初霜《はつしも》の
置《お》きまどはせる
白菊《しらぎく》の花《はな》

〈古今集・秋下〉

解釈
もし折るなら、あて推量で折ってみましょうか。初霜が一面に置りて、白菊か霜か見分けがつかなくなっているけれど、白菊の花を。

作者略歴
生没年未詳。紀貫之と共に「古今集」の選集をするなど、歌人として優れていた。耽美的な作風で知られる。三十六歌仙の一人。

30 有明《ありあけ》のつれなく見《み》えし別《わか》れより暁《あかつき》ばかり憂《う》きものはなし

壬生《みぶの》忠岑《ただみね》

有明《ありあけ》の
つれなく見《み》えし
別《わか》れより
暁《あかつき》ばかり
憂《う》きものはなし

解釈
（夜が明けたのも知らないような無表情なそぶりで）夜明けに出ていた月と同じような、つれないあなたと別れた日から、私は夜明けほど辛く恨めしいものはなくなったことよ。

作者略歴
生没年未詳。安綱の子。忠見の父。六位摂津権大目となる。『古今集』の選者の一人。三十六歌仙の一人。

〈古今集・恋三〉

31 朝《あさ》ぼらけ有明《ありあけ》の月《つき》と見《み》るまでに吉野《よしの》の里《さと》にふれる白雪《しらゆき》

坂《さかの》上《うえ》是《これ》則《のり》

朝《あさ》ぼらけ
有《あり》明《あけ》の月《つき》と
見《み》るまでに
吉《よし》野《の》の里《さと》に
ふれる白《しら》雪《ゆき》

〈古今集・冬〉

解釈
ほのぼのと夜が明けそめる頃、まだ空に残った月から光がさしているかと見まがうほどに、吉野の山里には白雪が降り敷いていることです。

作者略歴
生年未詳〜九三〇年頃。征夷大将軍坂上田村麿の子孫で、好蔭の子。醍醐・朱雀両天皇に仕え、従五位下加賀介に至る。蹴鞠《けまり》の名手だったと伝えられる。三十六歌仙の一人。

32
山川《やまがは》に風《かぜ》のかけたるしがらみは流《なが》れもあへぬ紅葉《もみぢ》なりけり

春道列樹《はるみちのつらき》

山川《やまがは》に
風《かぜ》のかけたる
しがらみは
流《なが》れもあへぬ
紅葉《もみぢ》なりけり

解釈
山川に風のかけた柵《しがらみ》は、(なるほど風に吹かれてたまった紅葉が) 流れきれないで作った紅葉の柵なのだなあ。

作者略歴
生年未詳～九二〇年頃。主税頭《ちからのかみ》新名《にいな》の子。延喜十年に文章生《もんじょうのしょう》となり、二十年には壱岐守《いきのかみ》に任ぜられるが赴任前に没した。

〈古今集・秋下〉

33

久方《ひさかた》の光《ひかり》のどけき春《はる》の日にしづ心《こころ》なく花《はな》の散《ち》るらむ

〈古今集・春下〉

紀《きの》友《とも》則《のり》

久《ひさ》方《かた》の
光《ひかり》のどけき
春《はる》の日《ひ》に
しづ心《こころ》なく
花《はな》の散《ち》るらむ

解釈

日の光ものどかな春の日なのに、桜の花だけはどうして落ち着きもなく、あわただしく散り急いでいるのでしょうか。

作者略歴

生没年未詳。宮内権少輔有朋の子。紀貫之とは従兄弟。「古今集」の選者の一人となったが、選集中に没する。三十六歌仙の一人。

34
誰《たれ》をかも知《し》る人《ひと》にせむ高砂《たかさご》の松《まつ》も昔《むかし》の友《とも》ならなくに

藤原興風《ふじわらのおきかぜ》

誰《たれ》をかも
知《し》る人《ひと》にせむ
高砂《たかさご》の
松《まつ》も昔《むかし》の
友《とも》ならなくに

解釈

（こんなに年老いた今）知友は皆亡くなってしまった。こんな今、私は誰を友とすればいいのでしょう。高砂の松はずいぶん年を経ているが、それも昔からの友というわけではないのに。

作者略歴

生没年未詳。参議浜成の曽孫。延喜二年治部少丞となった後、下総大掾に至る。管絃、徳に琴の名手だったと伝えられる。三十六歌仙の一人。

〈古今集・雑上〉

35 人《ひと》はいさ心も知《し》らずふる里《さと》は花《はな》ぞ昔《むかし》の香《か》ににほひける

紀《き》貫《つら》之《ゆき》

人《ひと》はいさ
心《こころ》も知《し》らず
ふる里《さと》は
花《はな》ぞ昔《むかし》の
香《か》ににほひける

〈古今集・春上〉

解釈

人の心は変わりやすいものなので、あなたの心が変わらないものかは私にはわかりませんが、昔なじみのこの土地の梅の花だけは、昔のままに懐しい香を放っていることだなあ。

作者略歴

八六八年頃～九四五年。紀賢行《かたゆき》の子。「古今集」の選者の中心となる。延長八年土佐守《とさのかみ》となり「土佐日記」を書く。三十六歌仙の一人で、柿本人麿と共に歌聖と仰がれる。

36

夏《なつ》の夜《よ》はまだ宵《よひ》ながら明《あ》けぬるを雲《くも》のいづこに月宿《つきやど》るらむ

清《きよ》原《はらの》深《ふか》養《や》父《ぶ》

夏《なつ》の夜《よ》は
まだ宵《よひ》ながら
明《あ》けぬるを
雲《くも》のいづこに
月《つき》宿《やど》るらむ

解釈

夏の夜は短く、まだ宵だと思っているうちに早くも明けてしまいました。こんな早くては月も西の山端に沈むことも出来なかったでしょう。月は雲のどこかで宿っているのでしょうか。

作者略歴

生没年未詳。豊前守房則の子。清少納言の曽祖父に当る。官は従五位下内蔵大允で終えるが、すぐれた歌人であった。

〈古今集・夏〉

37 白露《しらつゆ》に風《かぜ》の吹《ふ》きしく秋《あき》の野《の》はつらぬきとめぬ玉《たま》ぞ散《ち》りける

文屋《ふんやの》朝康《あさやす》

白露《しらつゆ》に
風《かぜ》の吹《ふ》きしく
秋《あき》の野《の》は
つらぬきとめぬ
玉《たま》ぞ散《ち》りける

〈後選集・秋中〉

解釈

草葉の上に置いた白露に、風が吹きつけている秋の野では、白露が散り乱れて、まるでつなぎとめていない玉が散りこぼれているように見えます。

作者略歴

生没年未詳。文屋康秀の子。延喜二年に大《おお》舎人大允《とねりのだいじょう》に任ぜられたといわれているが、伝記は殆んど不明。

38 忘《わす》らるる身《み》をば思《おも》はずちかひてし人《ひと》の命《いのち》の惜《を》しくもあるかな

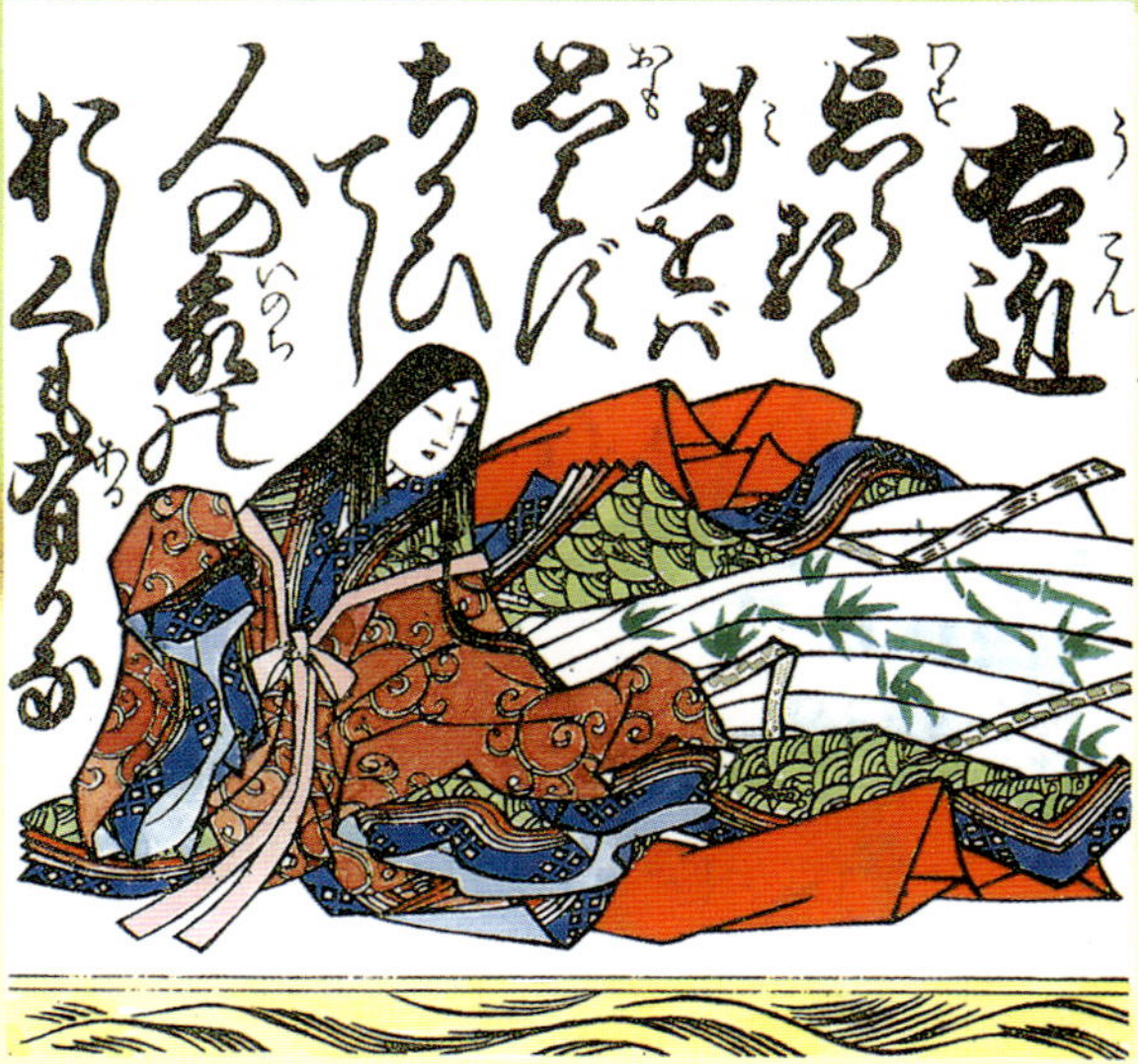

右近《うこん》

忘《わす》らるる
身《み》をば思《おも》はず
ちかひてし
人《ひと》の命《いのち》の
惜《を》しくもあるかな

解釈

あなたに忘れられるこの悲しさは、今さらなんとも思いません。けれど、忘れないと神に誓ったあなたの命が、神罰を受けて失なわれてしまったりしたらと、そのことが惜しまれてならないのです。

作者略歴

生没年未詳。右近衛少将藤原季縄《すえなわ》の女《むすめ》。醍醐天皇の皇后穏子に仕えた。花やかな恋愛遍歴が「大和物語」などで語られている。

〈拾遺集・恋四〉

39

浅茅生《あさぢふ》の小野《おの》の篠原《しのはら》忍《しの》ぶれどあまりてなどか人《ひと》の恋《こひ》しき

参議等《さんぎひとし》

浅茅生《あさぢふ》の
小野《おの》の篠原《しのはら》
忍《しの》ぶれど
あまりてなどか
人《ひと》の恋《こひ》しき

〈後撰集・恋一〉

解釈

浅茅生の野の篠原のように、ずっと隠れ忍んできたけれども、もうこれ以上忍んでいることは出来ません。私はなぜこんなにもあなたのことが恋しいのでしょうか。

作者略歴

八八〇年〜九五一年。源等《みなもとのひとし》。中納言源希の子。嵯峨天皇の曽孫。天暦元年に参議となり後に正四位下に至る。歌人としての経歴は殆んど不明。

40

忍《しの》ぶれど色《いろ》にいでにけり我《わが》恋《こひ》は物《もの》や思《おも》ふと人《ひと》の問《と》ふまで

平兼盛《たいらのかねもり》

忍《しの》ぶれど
色《いろ》にいでにけり
我《わが》恋《こひ》は
物《もの》や思《おも》ふと
人《ひと》の問《と》ふまで

解釈

誰にも知られないようにと、心に秘めて隠していた私の恋なのに、とうとう顔色にまで出てしまったのだなあ。「何か思い悩んでいるのですか。」と人に尋ねられるほどに。

作者略歴

生年未詳～九九〇年。光孝天皇の皇子是貞《これただ》親王の曾孫。篤行《あつゆき》の子。天元二年に駿河守《するがのかみ》となる。三十六歌仙の一人。

〈拾遺集・恋一〉

41 恋《こひ》すてふ我名《わがな》はまだき立《た》ちにけり人知《ひとし》れずこそ思《おも》ひそめしか

壬生忠見《みぶのただみ》

恋《こひ》すてふ
我名《わがな》はまだき
立《た》ちにけり
人知《ひとし》れずこそ
思《おも》ひそめしか

〈拾遺集・恋一〉

解釈

私が恋をしているという評判は、早くも世間に広まってしまいました。誰にも知られないようにと、心秘かにあの人を思いそめていたというのに。

作者略歴

生没年未詳。壬生忠岑の子。歌人としてはすぐれていたが、地方を歴任し微官であった。三十六歌仙の一人。

42

契《ちぎ》りきなかたみに袖《そで》をしぼりつつ末《すゑ》の松山《まつやま》波越《なみこ》さじとは

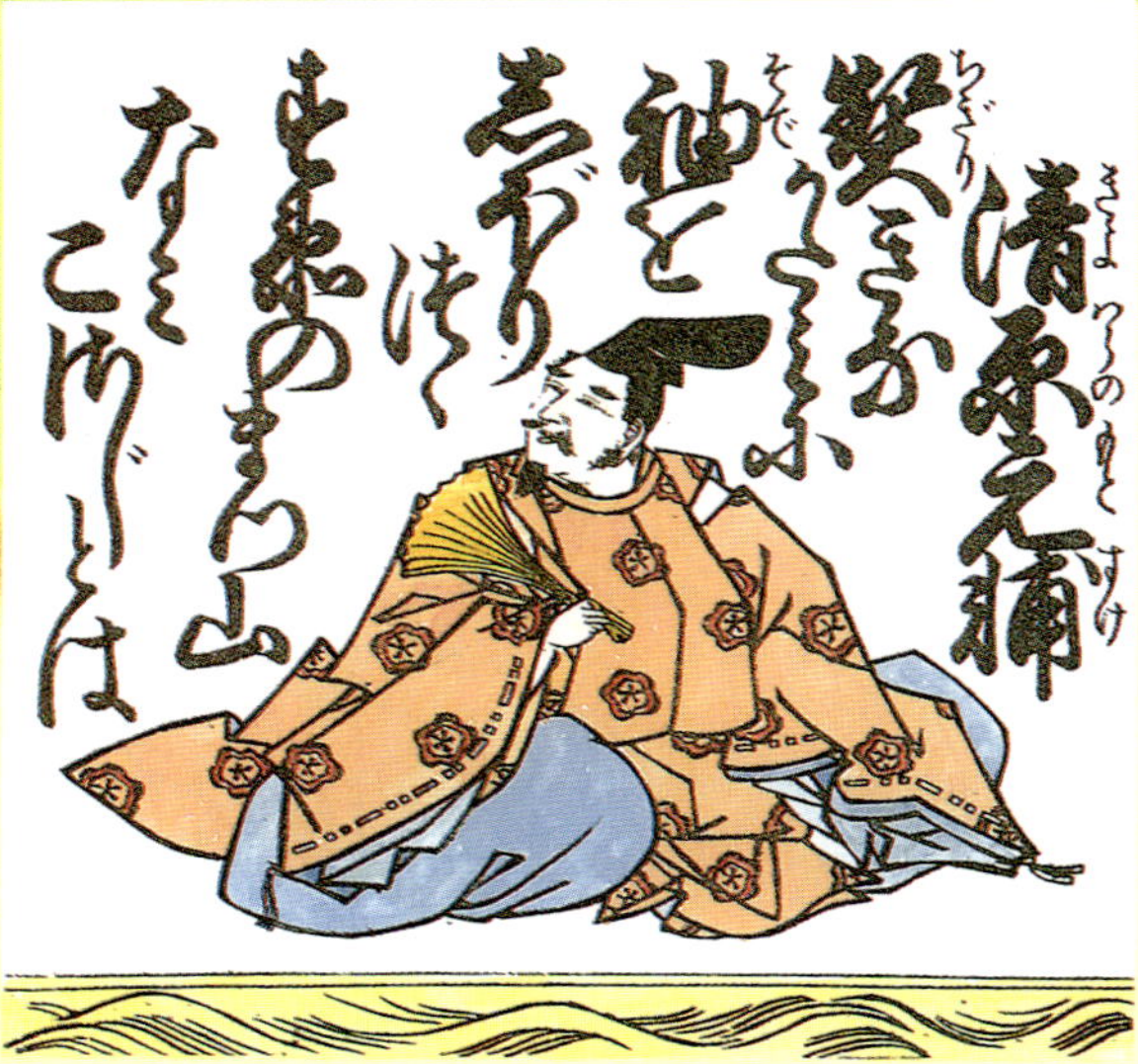

清《きよ》原《はらの》元《もと》輔《すけ》

契《ちぎ》りきな
かたみに袖《そで》を
しぼりつつ
末《すゑ》の松《まつ》山《やま》
波《なみ》越《こ》さじとは

解釈

あなたと私は堅く約束しましたよね。お互いに涙で濡れた袖を絞りながら、末の松山を波が越すことが決して無いようにと。それなのに……。

作者略歴

九〇八年～九九〇年。清原深養父《ふかやぶ》の孫。清少納言の父。「万葉集」の訓点、「後撰集」の選者となる。三十六歌仙の一人。

〈後拾遺集・恋四〉

43

あひ見《み》ての後《のち》の心《こころ》にくらぶれば昔《むかし》は物《もの》を思《おも》はざりけり

〈拾遺集・恋二〉

権中納言敦忠《ごんちゅうなごんあつただ》

あひ見《み》ての
後《のち》の心《こころ》に
くらぶれば
昔《むかし》は物《もの》を
思《おも》はざりけり

解釈

お逢いして契りを結んだ後の、この恋しく切ない心に比べてみると、あなたにお逢いする前の恋の辛さなど、物思いの内に入らないものだったように思われます。

作者略歴

九〇六年～九四三年。藤原敦忠。左大臣藤原時平の子。天慶五年に従三位権中納言となる。琵琶の名手であったと伝えられる。三十六歌仙の一人。

中《ちゅう》納《な》言《ごん》朝《あさ》忠《ただ》

逢《あ》ふことの
絶《た》えてしなくは
なかなかに
人《ひと》をも身《み》をも
恨《うら》みざらまし

解釈

この世の中に男女の契りなどが全くなかったとしたら、かえって人のつれなさや、我身の不幸を恨めしく思うこともないでしょうに。

作者略歴

九一〇年～九六六年。藤原朝忠。三条右大臣藤原定方の子。応和三年に従三位中納言となる。笙《しょう》の名手だったと伝えられる。三十六歌仙の一人。

逢《あ》ふことの絶《た》えてしなくはなかなかに人《ひと》をも身《み》をも恨《うら》みざらまし

〈拾遺集・恋一〉

45

あはれともいふべき人《ひと》は思《おも》ほえで身《み》のいたづらになりぬべきかな

謙《けん》徳《とく》公《こう》

あはれとも
いふべき人《ひと》は
思《おも》ほえで
身《み》のいたづらに
なりぬべきかな

〈拾遺集・恋五〉

解釈

（あなたに冷たくされた以上、あなたのほかに）私のことを慕い悲しんでくれるような人がいるとは思えません。私はこのままむなしく死んでしまうのでしょうね。

作者略歴

九二四年～九七二年。藤原伊尹《これただ》。右大臣師《もろ》輔《すけ》の子。貞信公忠平の孫に当る。天禄元年に摂政、翌年、太政大臣に至り一条摂政と呼ばれた。家集に「一条摂政御集」がある。

46

由良《ゆら》の門《と》を渡《わた》る舟人《ふなびと》かぢを絶《た》え行方《ゆくへ》も知《し》らぬ恋《こひ》の道《みち》かな

曾禰好忠《そねのよしただ》

由良《ゆら》の門《と》を
渡《わた》る舟人《ふなびと》
かぢを絶《た》え
行方《ゆくへ》も知《し》らぬ
恋《こひ》の道《みち》かな

解釈

由良の瀬戸を漕ぎ渡ってゆく舟頭が、櫂を失なって行方も知らずに漂うように、どうなってしまうのか私にも見当がつかない恋の道であることよ。

作者略歴

生没年未詳。花山天皇頃の人。丹後掾に任じ曾丹《そたん》と呼ばれたという。狷狭な性格で貴族に容れられなかったが、斬新で清澄な歌は死後認められた。

〈新古今集・恋一〉

47 八《や》重《へ》葎《むぐら》しげれる宿《やど》のさびしきに人《ひと》こそ見《み》えね秋《あき》は来《き》にけり

恵《え》慶《ぎょう》法《ほう》師《し》

八《や》重《へ》葎《むぐら》
しげれる宿《やど》の
さびしきに
人《ひと》こそ見《み》えね
秋《あき》は来《き》にけり

〈拾遺集・秋〉

解釈

幾重にも葎《むぐら》が生い茂っているこの宿は、それだけでも寂しいというのに、誰一人として訪ねて来ません。なのに秋だけはいつの間にか訪ねて来るのですね。

作者略歴

生没年未詳。花山天皇頃の人。播磨国の講師だったと伝えられている。花山院に出入りし、河原院の安法法師と親交があった。

源重之《みなもとのしげゆき》

風《かぜ》をいたみ
岩《いわ》うつ波《なみ》の
おのれのみ
砕《くだ》けてものを
思《おも》ふころかな

解釈

風が激しく吹き、岩に打ち寄せる波がひとり砕け散っています。(その波のように冷たいあなたの心に打たれては、)私の心は千々に砕けてしまって、どうしてよいのか思い悩むこの頃なのです。

作者略歴

生年未詳～一〇〇一年。清和天皇の曽孫。参議源兼忠の養子となる。貞元元年相模権守となる。三十六歌仙の一人。

〈詞花集・恋上〉

48 風《かぜ》をいたみ岩《いわ》うつ波《なみ》のおのれのみ砕《くだ》けてものを思《おも》ふころかな

49 みかきもり衛士《えじ》のたく火《ひ》の夜《よる》はもえ昼《ひる》は消《き》えつつ物《もの》をこそ思《おも》へ

〈詞花集・恋上〉

大《おお》中《なか》臣《とみの》能《よし》宣《のぶ》朝《あ》臣《そん》

みかきもり
衛士《えじ》のたく火《ひ》の
夜《よる》はもえ
昼《ひる》は消《き》えつつ
物《もの》をこそ思《おも》へ

解釈

宮中の御門を護る衛士の焚くかがり火のように、夜は燃え、(恋に胸を焦がし、)昼は物思いに沈んで消え入りそうな私なのです。

作者略歴

九二一年～九九一年。神祇大副《じんぎのたいふ》頼基の子。神祇官の家柄から、神祇大副・祭主となる。「万葉集」の訓点、「後撰集」の編纂に従う。三十六歌仙の一人。

50 君《きみ》がため惜《を》しからざりし命《いのち》さへ長《なが》くもがなと思《おも》ひけるかな

藤原義孝《ふじわらのよしたか》

君《きみ》がため
惜《を》しからざりし
命《いのち》さへ
長《なが》くもがなと
思《おも》ひけるかな

解釈

あなたとお逢い出来るのならば、命を捨てても惜しくはないと思っておりましたのに、さてこうして思いがかなえられてしまいますと、(命が惜しく感じられ、)このまま長く逢いたいと願うようになってしまったことです。

作者略歴

九五四年～九七四年。一条摂政伊尹《これただ》の子。天禄二年十八歳で右近少将となったが、天延二年疱瘡《とうそう》にかかり若くして没する。

〈後拾遺集・恋二〉

51 かくとだにえやはいぶきのさしも草《ぐさ》さしも知《し》らじな燃《も》ゆる思《おも》ひを

〈後拾遺集・恋一〉

藤原《ふじわらの》実方《さねかた》朝臣《あそん》

かくとだに
えやはいぶきの
さしも草《ぐさ》
さしも知《し》らじな
燃《も》ゆる思《おも》ひを

解釈

「こんな気持なのです」とだけでも、せめてあなたに伝えたいと思うのですが、どうして言葉などで言うことが出来るでしょうか。伊吹山のさしも草のように（私の心の内で）燃えている思いを、あなたは、よもやそれほどまでとはご存じありますまいね。

作者略歴

生年未詳～九九八年。花山・一条両天皇に仕え、左近衛中将まで進んだが、藤原行成と争ったことで陸奥守に左遷させられる。

52
明《あ》けぬれば暮《く》るるものとは知《し》りながらなほ恨《うら》めしき朝《あさ》ぼらけかな

藤原《ふじわらの》道《みち》信《のぶ》朝臣《あそん》

明けぬれば
暮《く》るるものとは
知りながら
なほ恨《うら》めしき
朝《あさ》ぼらけかな

解釈
夜が明ければ、限らずまた夕暮れがやって来る（夕暮れになればあなたと逢える）とはわかってはいるものの、やはり（あなたと別れなければならない）明け方というのは恨めしく思われることです。

作者略歴
九七二年～九九四年。法性寺入道太政大臣為光の子。藤原兼家の養子となる。従四位上左近衛中将に至るが、二十三歳で没した。

〈後拾遺集・恋二〉

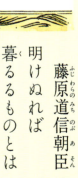

53 嘆《なげ》きつつひとりぬる夜《よ》の明《あ》くるまはいかに久《ひさ》しきものとかは知《し》る

〈拾遺集・恋四〉

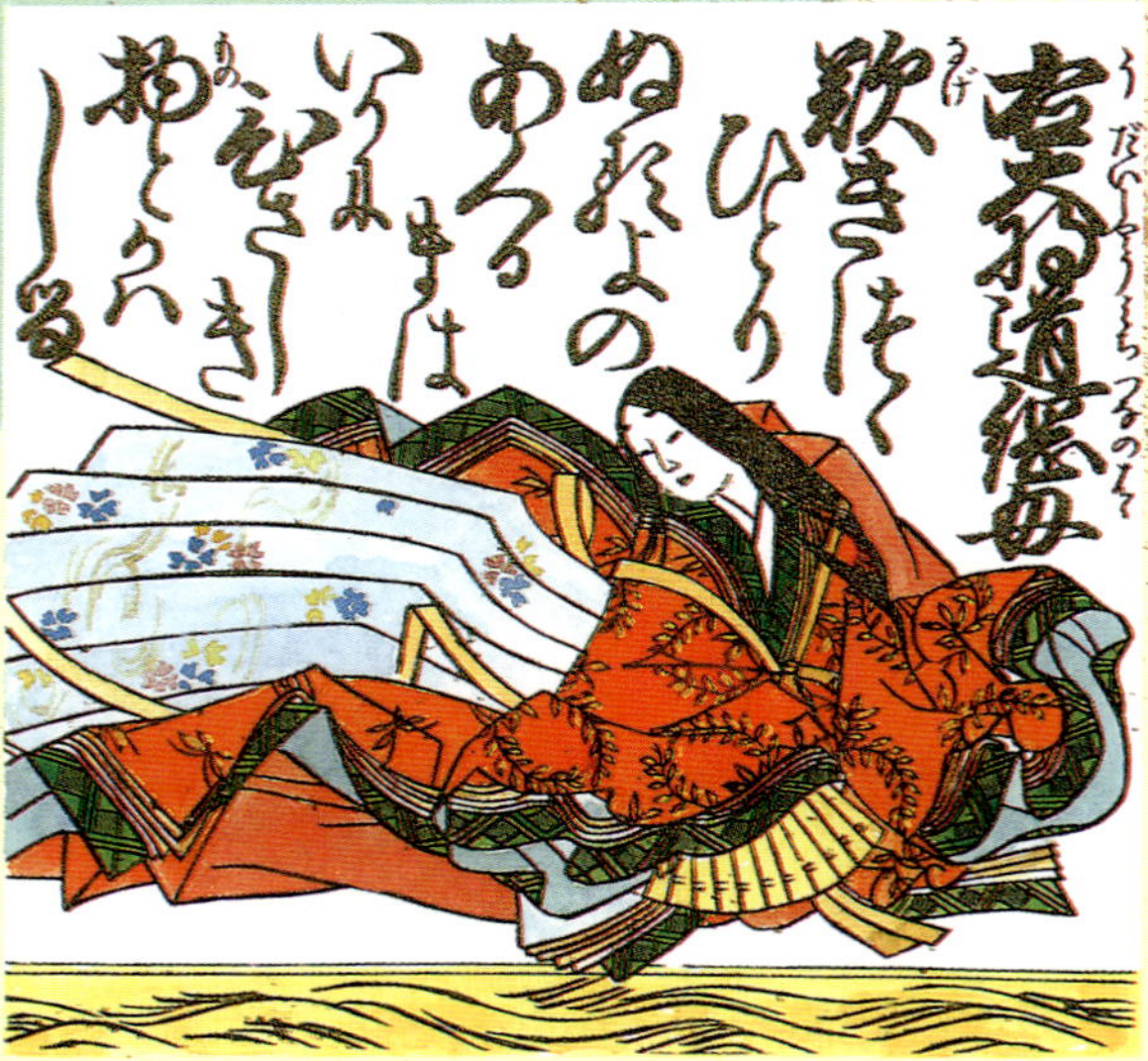

右《う》大《だい》将《しょう》道《みち》綱《つなの》母《はは》

嘆《なげ》きつつ
ひとりぬる夜《よ》の
明《あ》くるまは
いかに久《ひさ》しき
ものとかは知《し》る

解釈

あなたを待ちわび、嘆きながら独りで寝る私にとって、夜が明けるまでがどんなに長いものか、あなたは御存じでしょうか。御存じないのでしょうね。

作者略歴

九三七年頃〜九九五年。陸奥守藤原倫寧《ともやす》の女《むすめ》。藤原兼家と結婚し、道綱を生む。「蜻蛉《かげろう》日記」の作者。

54

忘《わす》れじの行末《ゆくすゑ》まではかたければ今日《けふ》を限《かぎ》りの命《いのち》ともがな

儀《ぎ》同《どう》三《さん》司《し》母《のはは》

忘《わす》れじの
行末《ゆくすゑ》までは
かたければ
今日《けふ》を限《かぎ》りの
命《いのち》ともがな

解釈

「いつまでも忘れまい」とあなたは言ってくださいますが、（人の心は変わりやすく）遠い先のことなどは頼みになりません。（優しいお言語をいただいた今日、）お逢いした今日を限りとして死ねたらよいと思うのです。

作者略歴

生年未詳～九九六年。従二位高階《たかしな》成忠の女《むすめ》。名は貴子。円融天皇に仕え高内侍《こうのないし》と呼ばれる。関白藤原道隆と結婚する。儀同三司とは、太政大臣・左大臣・右大臣と同じという意味。

〈新古今集・恋三〉

55 滝《たき》の音《おと》は絶《た》えて久《ひさ》しくなりぬれど名《な》こそ流《なが》れてなほ聞《き》こえけれ

〈拾遺集・雑上〉

大納言公任《だいなごんきんとう》

滝《たき》の音《おと》は
絶《た》えて久《ひさ》しく
なりぬれど
名《な》こそ流《なが》れて
なほ聞《き》こえけれ

解釈

この滝の水が涸れ、音が絶えてしまってから、もうずいぶん久しくなったけれど、名高い評判だけは流れて、今もなお聞こえていることだ。

作者略歴

九六六年～一〇四一年。藤原公任。太政大臣藤原頼忠の子。侍従から累進し正二位権大納言に至るが、愛娘の死に際し北山に隠棲する。和漢学や管絃に秀で、能書家でもあった。

56 あらざらむこの世《よ》のほかの思《おも》ひ出《で》に今《いま》ひとたびの逢《あ》ふこともがな

和泉式部《いずみしきぶ》

あらざらむ
この世《よ》のほかの
思《おも》ひ出《で》に
今《いま》ひとたびの
逢《あ》ふこともがな

解釈

（病床に臥している私は、）まもなくこの世を去ることになりましょう。ですから、せめてあの世での思い出に、いま一度あなたにお逢いしとうございます。

作者略歴

生没年未詳。越前守大江雅致《まさむね》の女《むすめ》。御許丸《おもとまる》と呼ばれ宮仕えし、和泉守橘道貞と結婚する。道貞の没後、帥宮敦道《そちのみやあつみち》と激しく恋愛したことが「和泉式部日記」に綴られている。

〈後拾遺集・恋三〉

57 めぐり逢《あ》ひて見《み》しやそれともわかぬ間《ま》に雲《くも》がくれにし夜半《よは》の月《つき》かな

紫式部《むらさきしきぶ》

めぐり逢《あ》ひて
見《み》しやそれとも
わかぬ間《ま》に
雲《くも》がくれにし
夜半《よは》の月《つき》かな

〈新古今集・雑上〉

解釈

久しぶりにめぐり逢って、それがあなたかどうか判断もつかない間に帰ってしまわれましたね。まるで、出たと思ったらあわただしく雲に隠れてしまった月のようですこと。

作者略歴

九七八年頃〜一〇一四年頃。越後守為時《ためとき》の女《むすめ》。藤原宣孝と結婚するが僅か三年で先立たれ、寡婦生活に入り「源氏物語」を書く。和漢学・管絃に通じていたと伝えられる。

58

有馬山《ありまやま》猪名《ゐな》の笹原《ささはら》風《かぜ》吹《ふ》けばいでそよ人《ひと》を忘《わす》れやはする

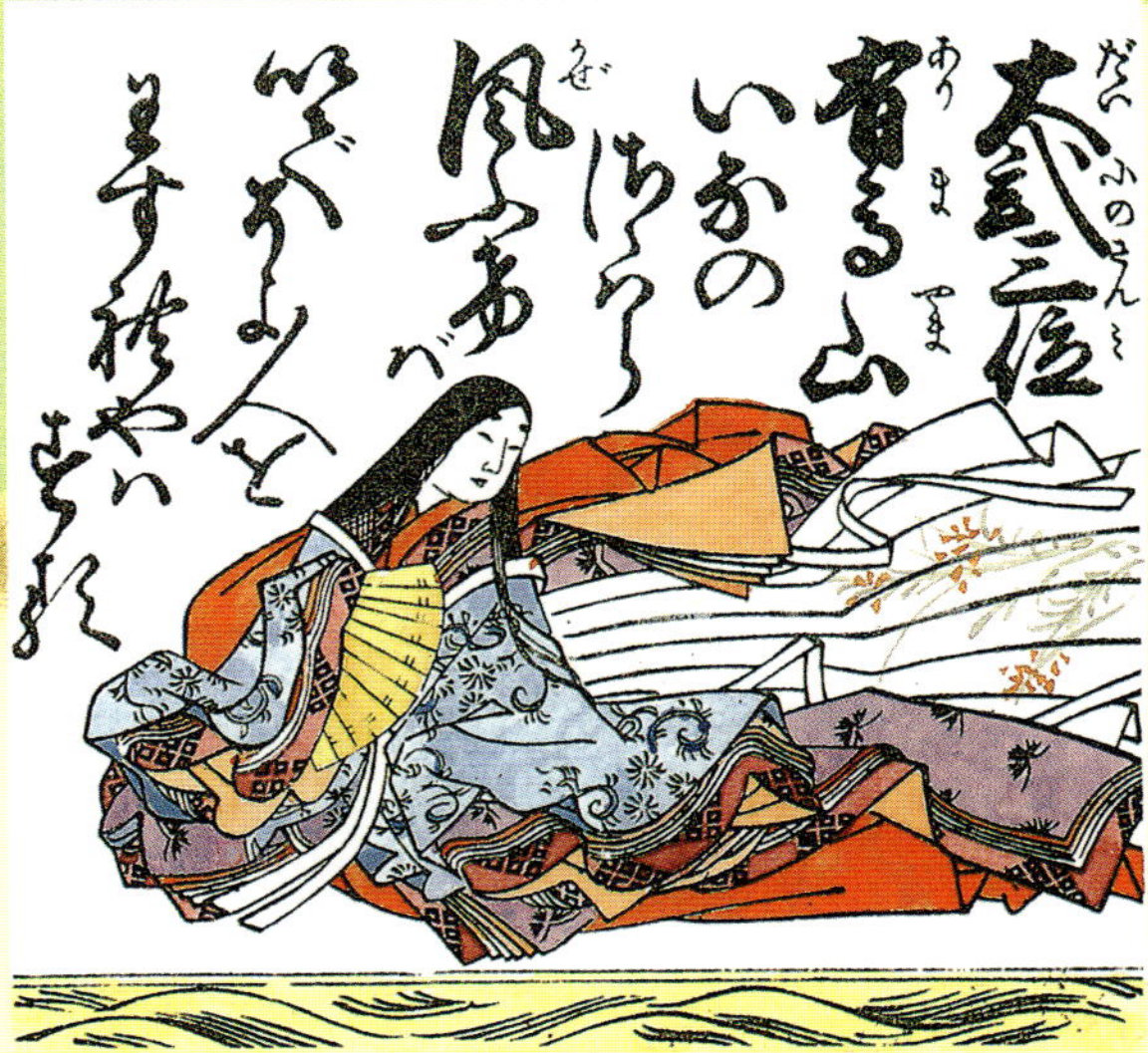

大弐三位《だいにのさんみ》

有馬山《ありまやま》
猪名《ゐな》の笹原《ささはら》
風《かぜ》吹《ふ》けば
いでそよ人《ひと》を
忘《わす》れやはする

解釈

有馬山から猪名にかけて風が吹くと（有って無いような）笹葉もそよそよと揺らぎます。さあそれですよ、（私の方こそあなたの心変わりが不安なのですから、）どうしてあなたのことを忘れたりなどするものでしょうか。

作者略歴

生没年未詳。藤原賢子《けんし》。藤原宣孝の女《むすめ》。母は紫式部。藤原兼隆と結婚し、三位典侍《すけ》に至る。後に大宰大弐正三位高階成章《たかしなのなりあきら》と結婚したことから大弐三位と呼ばれた。

〈後拾遺集・恋二〉

59

やすらはで寝《ね》なましものを小夜《さよ》ふけて傾《かたぶ》くまでの月《つき》を見《み》しかな

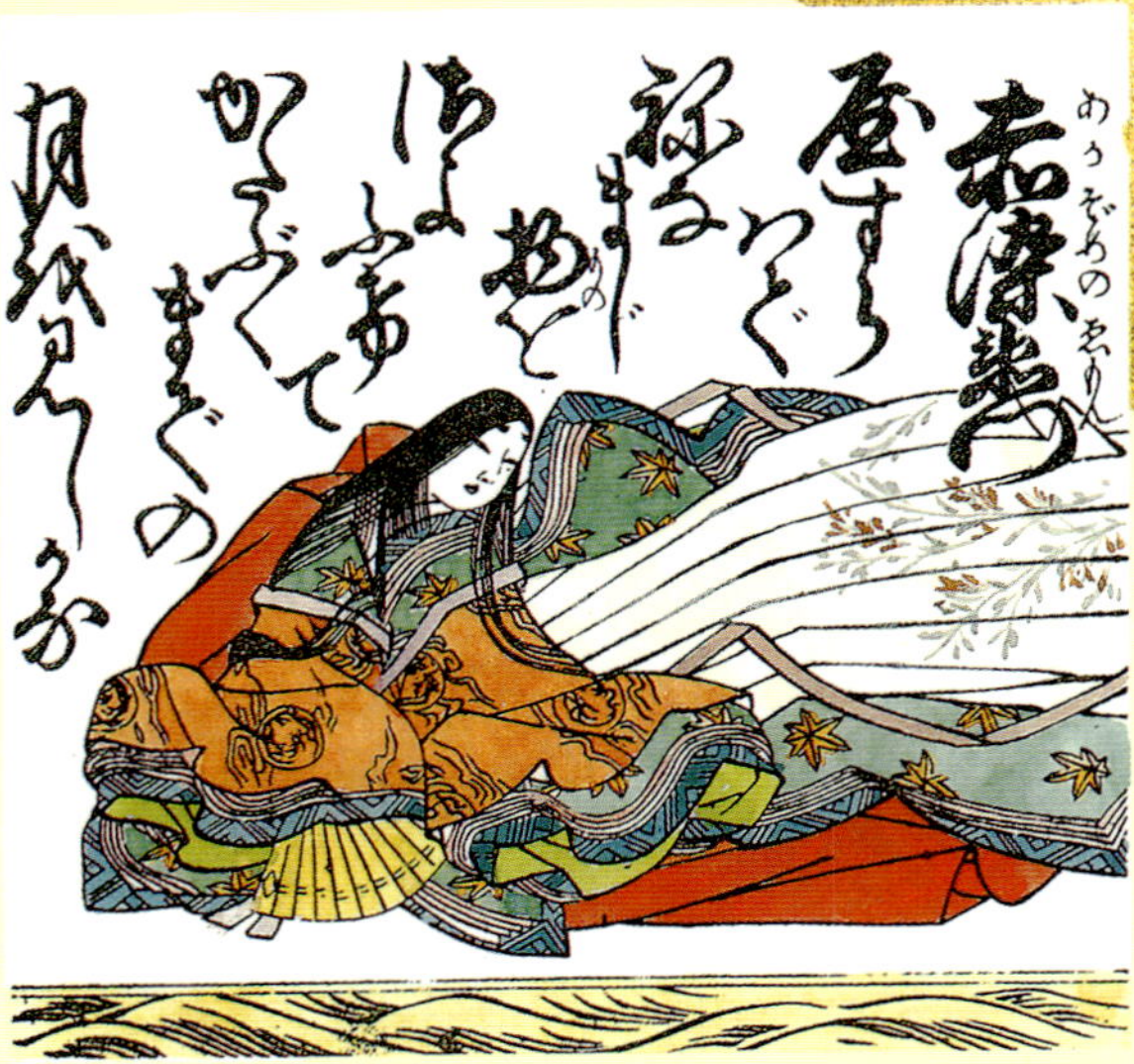

〈後拾遺集・恋二〉

赤《あか》染《ぞめ》衛《え》門《もん》

やすらはで
寝《ね》なましものを
小《さ》夜《よ》ふけて
傾《かたぶ》くまでの
月《つき》を見《み》しかな

解釈

（あなたが来てくださらないとわかっていたなら、）ためらうこともなく寝てしまいましたのに。（あなたの言葉を信じてお待ち申し上げていたばかりに、）夜は更けて、西山に傾く月まで見ることになってしまいましたよ。

作者略歴

九五八年頃～一〇四一年頃。大隅守赤染時《とき》用《もち》の女《むすめ》だが、実父は平兼盛。藤原道長の妻倫子に仕える。

60
大《おお》江《え》山《やま》いく野《の》の道《みち》の遠《とほ》ければまだふみも見《み》ず天《あま》の橋立《はしだて》

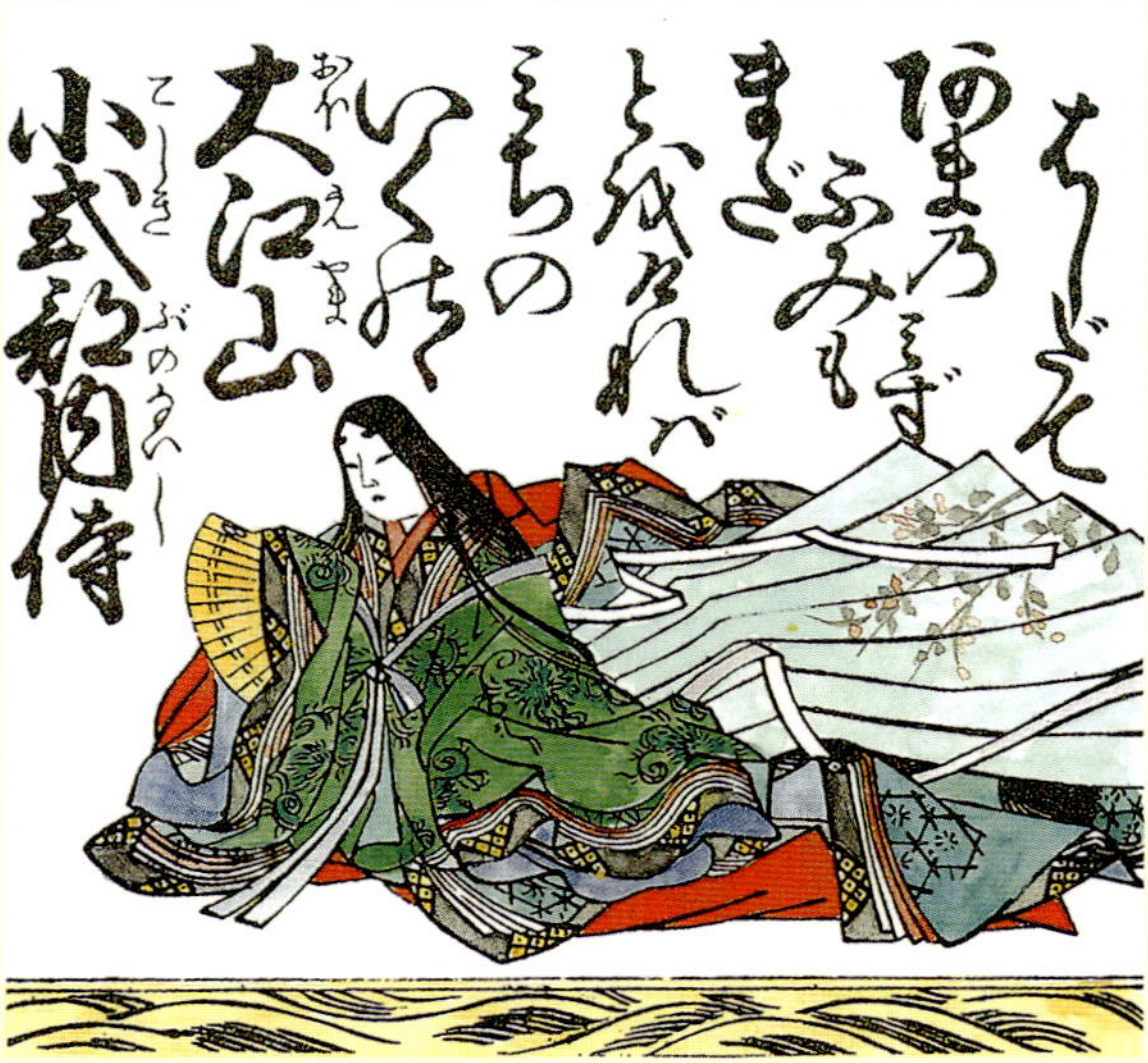

小《こ》式《しき》部《ぶの》内《ない》侍《し》

大《おお》江《え》山《やま》
いく野《の》の道《みち》の
遠《とほ》ければ
まだふみも見《み》ず
天《あま》の橋《はし》立《だて》

解釈
(母の住んでいる丹後国は、)大江山や生野・・・など幾つもの野山を越えて行く遠いところです。ですから私はまだ、天の橋立の地を踏んだことも、母から便りを受け取ったこともございません。

作者略歴
一〇〇〇年頃～一〇二五年。父は和泉守橘道貞。母は和泉式部。母と共に中宮彰子に仕える。才女であったが若くして早逝した。

〈金葉集・雑上〉

61 いにしへの奈良《なら》の都《みやこ》の八《や》重《へ》桜《ざくら》けふ九重《ここのへ》ににほひぬるかな

〈詞花集・春〉

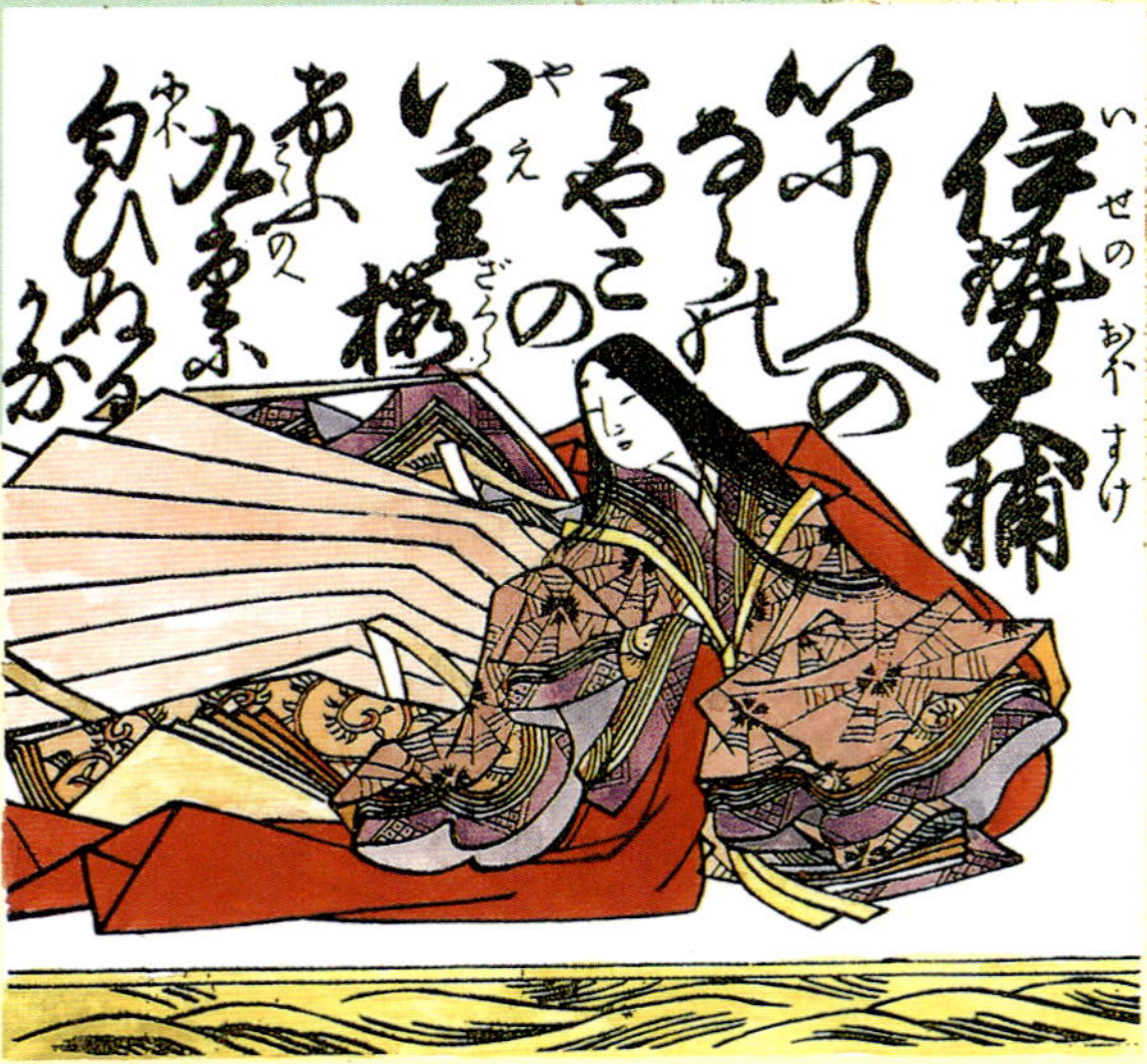

伊勢《いせの》大《たい》輔《ふ》

いにしへの
奈良《なら》の都《みやこ》の
八《や》重《へ》桜《ざくら》
けふ九《ここ》重《のへ》に
にほひぬるかな

解釈
遠い昔、奈良の都の（平城京の花とされていた）八重桜が、今日は九重（平安宮中）の中でひときわ美しく咲き誇っていることです。

作者略歴
生没年未詳。正三位神祇伯大中臣輔親《おおなかとみのすけちか》の女《むすめ》。中宮彰子に仕えた。高階成順と結婚し、康資《やすすけ》王母《おうのはは》を生む。紫式部や和泉式部と並び称せられる。

清少納言《せいしょうなごん》

夜《よ》をこめて
鳥《とり》の空音《そらね》は
はかるとも
よに逢坂《あふさか》の
関《せき》はゆるさじ

解釈

夜が明けないうちに、鶏の鳴き声を真似して、私をだまして通ろうとなさっても、あなたと私の間の逢坂の関所だけは、決してお通ししませんよ。

作者略歴

生没年未詳。清原元輔の女《むすめ》で、深養父の曽孫。橘則光と結婚するが別れて一条天皇の皇后定子に仕える。「枕草子」の作者。

〈後拾遺集・雑二〉

62

夜《よ》をこめて鳥《とり》の空音《そらね》ははかるともよに逢坂《あふさか》の関《せき》はゆるさじ

63 今《いま》はただ思《おも》ひ絶《た》えなむとばかりを人《ひと》づてならでいふよしもがな

〈後拾遺集・恋三〉

左京大夫《さきょうのだいぶ》道雅《みちまさ》

今《いま》はただ
思《おも》ひ絶《た》えなむ
とばかりを
人《ひと》づてならで
いふよしもがな

解釈

今となってしまっては、「あなたのことをきっぱりとあきらめましょう」という一言だけでも、せめて人伝《ひとづ》てではなく、直接あなたに告げる手立てはないものだろうか。

作者略歴

九九二年～一〇五四年。藤原道雅。儀同三司伊周《これちか》の子。父の失脚や斎宮当子との恋愛で三条院から勘当されるなどし、後半生を風流人として過ごした。

権中納言定頼《ごんちゅうなごんさだより》

朝《あさ》ぼらけ
宇治《うぢ》の川霧《かはぎり》
たえだえに
あらはれわたる
瀬々《せぜ》の網代木《あじろぎ》

解釈

（冬の）夜が白々と明け始めると、この宇治川にたちこめている朝霧がとぎれとぎれに流れてゆく。その絶え間から、あちらこちらに立っている網代木が次々と現われてくることだ。

作者略歴

九九五年～一〇四五年。藤原定頼。四条大納言藤原公任《きんとう》の子。参議・権中納言と進み、後に正二位兵部卿に至る。

〈千載集・冬〉

64
朝《あさ》ぼらけ宇治《うぢ》の川霧《かはぎり》たえだえにあらはれわたる瀬々《せぜ》の網代木《あじろぎ》

65 恨《うら》みわびほさぬ袖《そで》だにあるものを恋《こひ》に朽《く》ちなむ名《な》こそをしけれ

〈後拾遺集・恋四〉

相模《さがみ》

恨《うら》みわび
ほさぬ袖《そで》だに
あるものを
恋《こひ》に朽《く》ちなむ
名《な》こそをしけれ

解釈

人のつれなさを恨み、我身の不運を嘆いて、私の袖は涙で乾くまもなく、朽ちてしまうでしょう。(それだけで切ないのに、)その上、この恋のことで私の名まで朽ち果ててしまうと思うと、とても口惜しくてなりません。

作者略歴

生没年未詳。(一〇〇〇年頃と思われる。)源頼光の女《むすめ》だといわれている。相模守大江公資《きんより》と結婚したことから、相模と呼ばれた。

66
もろともにあはれと思《おも》へ山桜《やまざくら》花《はな》よりほかに知《し》る人《ひと》もなし

前《さきの》大《だい》僧《そう》正《じょう》行《ぎょう》尊《そん》

もろともに
あはれと思《おも》へ
山桜《やまざくら》
花《はな》よりほかに
知《し》る人《ひと》もなし

解釈

(大峯の奥山に咲いている)山桜よ、私がおまえをなつかしく思うように、おまえも私のことをなつかしく思っておくれ。今ここにはおまえより他に、知友など一人もいないのだから。

作者略歴

一〇五五年〜一一三五年。参議源基平《もとひら》の子。十二歳に出家し後に諸国を遍歴した。白河・鳥羽・崇徳三天皇の護持僧となり、大僧正に至る。

〈金葉集・雑上〉

67 春《はる》の夜《よ》の夢《ゆめ》ばかりなる手枕《たまくら》にかひなく立《た》たむ名《な》こそ惜《を》しけれ

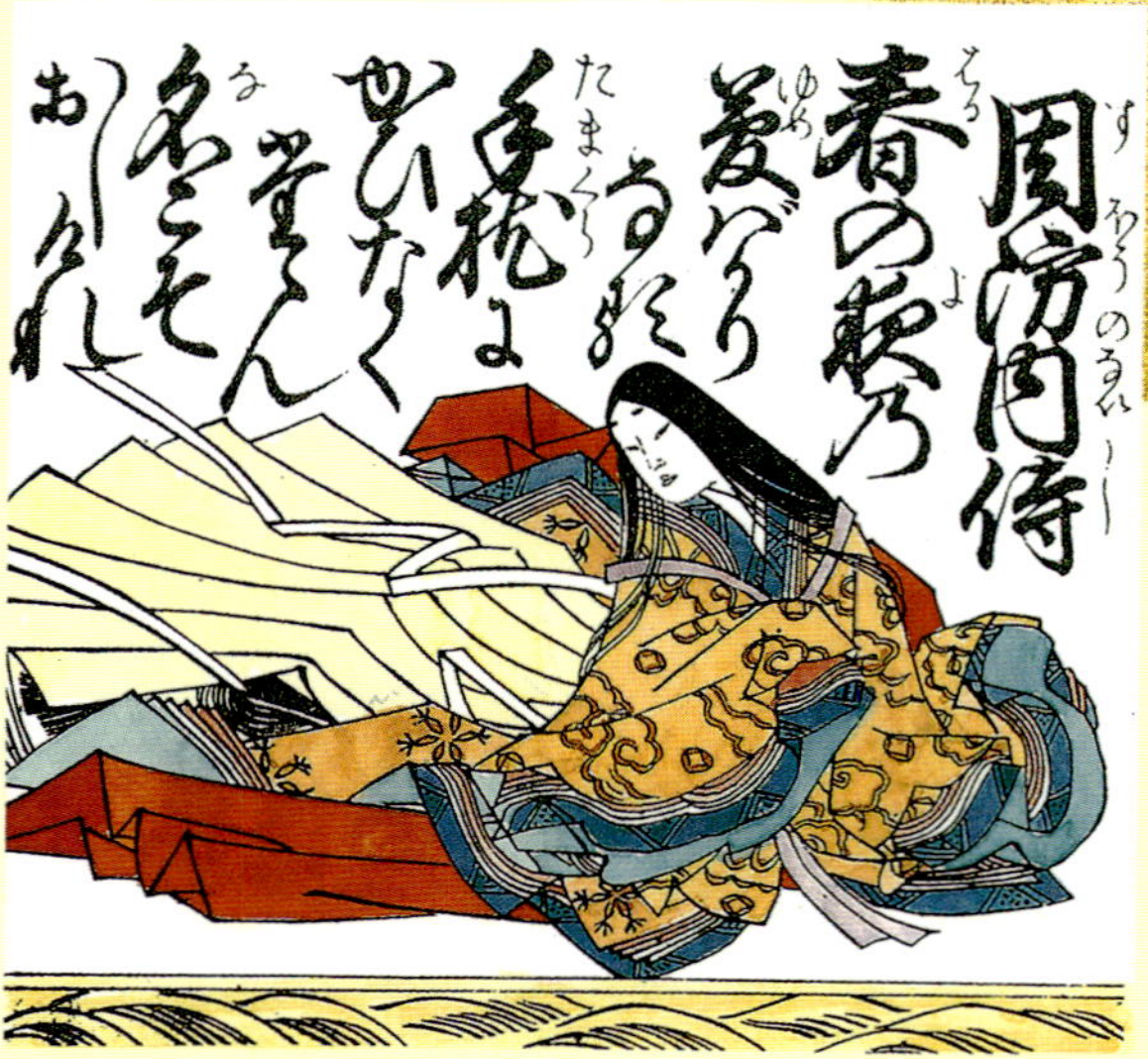

周防内侍《すおうのないし》

春《はる》の夜《よ》の
夢《ゆめ》ばかりなる
手枕《たまくら》に
かひなく立《た》たむ
名《な》こそ惜《おを》しけれ

〈千載集・雑上〉

解釈

（「この腕《かいな》を枕にせよ」とあなたはおっしゃいますが、）短い春の夜の、はかない夢ほどのうたた寝にあなたの手枕をお借りして、甲斐《かい》もない浮き名が立つのは、それは口惜しいことですよ。

作者略歴

生没年未詳。周防守平棟仲《たいらのむねなか》の女《むすめ》。後冷泉・後三条・白河・堀河の四代の天皇に仕えた。

三条院《さんじょういん》

心《こころ》にも
あらでうき世《よ》に
ながらへば
恋《こひ》しかるべき
夜半《よは》の月《つき》かな

解釈
私の心に反して、このつらい浮世に生き長らえていくとしたら、今夜、宮中で眺めた月が、さぞ恋しく思い出されることであろうよ。

作者略歴
九七六年～一〇一七年。冷泉《れいぜい》天皇の皇子。母は太政太臣兼家の女《むすめ》超子《ちょうし》。一〇一一年に即位するが病弱であったことや道長の圧迫などにより僅か六年で譲位。

〈後拾遺集・雑一〉

68
心にもあらでうき世《よ》にながらへば恋《こひ》しかるべき夜半《よは》の月《つき》かな

69
嵐《あらし》吹《ふ》く三室《みむろ》の山《やま》のもみぢ葉《ば》は龍田《たつた》の川《かは》の錦《にしき》なりけり

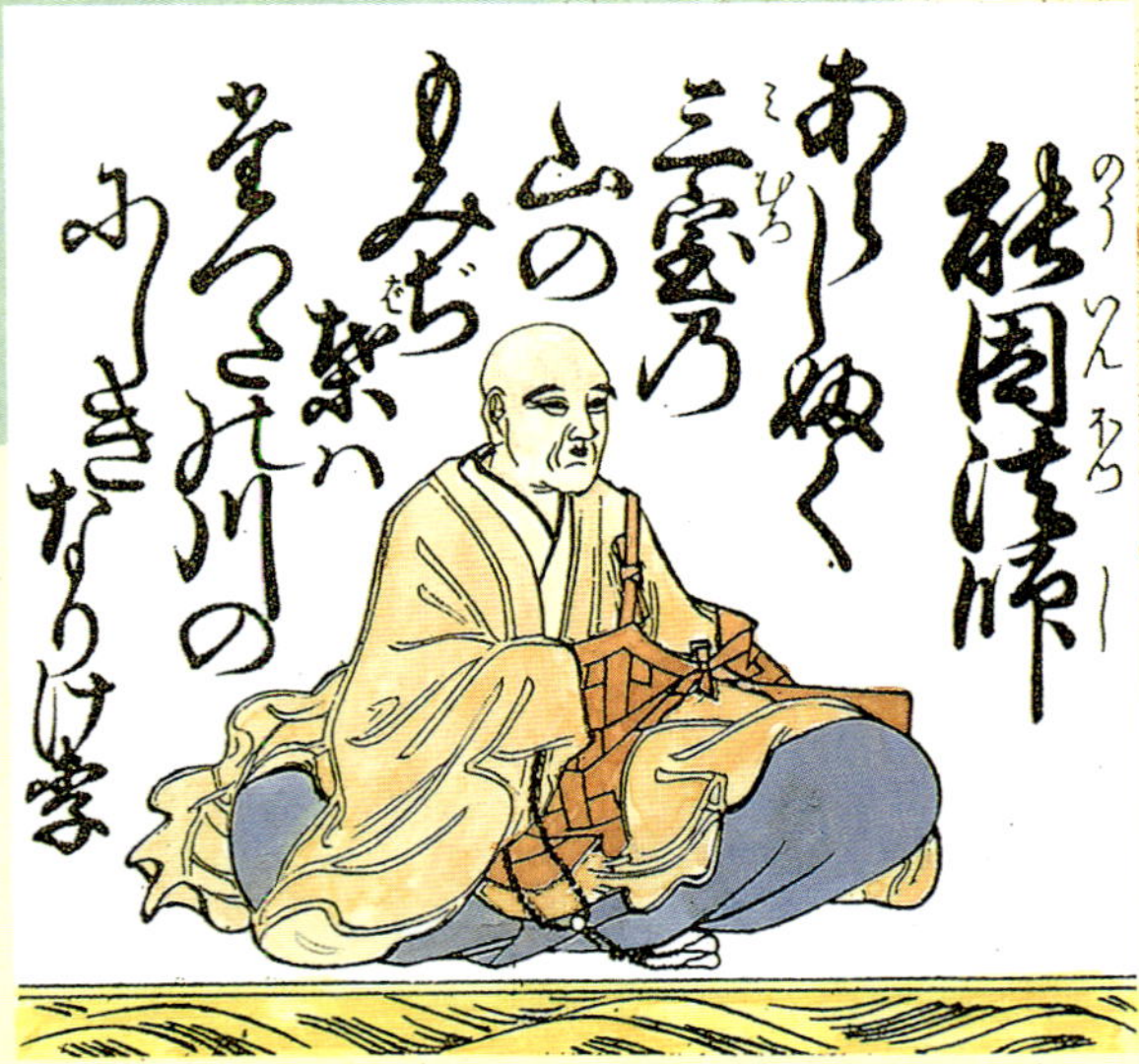

能因法師《のういんほうし》

嵐《あらし》吹《ふ》く
三室《みむろ》の山《やま》の
もみぢ葉《ば》は
龍田《たつた》の川《かは》の
錦《にしき》なりけり

〈後拾遺集・秋下〉

解釈

山風が吹きおろす三室山の紅葉は、（散り乱れながら川面に下り流れて、）そのまま龍田川に流れて、美しい錦を織りなすのだなあ。

作者略歴

九八八年〜一〇五二年頃。俗名は橘永愷《ながやす》。文章生《もんじょうのしょう》となり肥後進士と号した。後に出家し、晩年は摂津の古曽部に住み古曽部入道と呼ばれた。

70 さびしさに宿《やど》を立《た》ち出《い》でてながむればいづくも同《おな》じ秋《あき》の夕暮《ゆふくれ》

良暹《りょうぜん》法師《ほうし》

さびしさに
宿《やど》を立《た》ち出《い》でて
ながむれば
いづくも同《おな》じ
秋《あき》の夕暮《ゆふぐれ》

解釈
　あまりの寂しさに堪えかねて、庵を出てあたりを眺めては見たものの、どこもかしこも秋の色一色の寂しい夕暮であることよ。

作者略歴
　生没年未詳。叡《えい》山の僧で祇園の別当。後に山城国大原の里に隠棲したと伝えられているが明らかではない。

〈後拾遺集・秋上〉

71 夕《ゆふ》されば門田《かどた》の稲葉《いなば》おとづれて蘆《あし》のまろやに秋風《あきかぜ》ぞ吹《ふ》く

大《だい》納《な》言《ごん》経《つね》信《のぶ》

夕《ゆふ》されば
門田《かどた》の稲葉《いなば》
おとづれて
蘆《あし》のまろやに
秋風《あきかぜ》ぞ吹《ふ》く

〈金葉集・秋〉

解釈

夕暮れになると、門前にある田の稲の葉をそよそよと鳴らし、そしてこの蘆葺《あしぶ》きの粗末な田家へと、寂しい秋風が吹き訪ずれて来ることだ。

作者略歴

一〇一六年～一〇九七年。源経信。民部卿源道方の子。後一条から堀河天皇まで仕え、正二位大納言に至る。博学多芸で藤原公任《きんとう》と並び称される。

72

音《おと》にきく高《たか》師《し》の浜《はま》のあだ波《なみ》はかけじや袖《そで》のぬれもこそすれ

祐《ゆう》子《し》内《ない》親《しん》王《のう》家《けの》紀《き》伊《い》

音《おと》にきく
高《たか》師《し》の浜《はま》の
あだ波《なみ》は
かけじや袖《そで》の
ぬれもこそすれ

解釈

評判に高い高師の浜のあだ波には、かかりますまい。袖が濡れることになりましょうから。(評判に高い浮気者のあなたの言葉には心をかけますまい。涙で袖が濡れることになりましょうから。)

作者略歴

生没年未詳。民部大輔《たいふ》平経方《つねかた》の女《むすめ》(異説有)。母は祐子内親王家に仕えた小弁。母と同様に祐子内親王家に仕えた。一宮紀伊・紀伊君などと呼ばれた。

〈金葉集・恋下〉

73 高砂《たかさご》の尾上《をのへ》の桜《さくら》咲《さ》きにけり外山《とやま》のかすみ立《た》たずもあらなむ

権中納言匡房《ごんちゅうなごんまさふさ》

高砂《たかさご》の
尾上《をのへ》の桜《さくら》
咲《さ》きにけり
外山《とやま》のかすみ
立《た》たずもあらなむ

〈後拾遺集・春上〉

解釈

遠く奥山の峰にも、美しく桜の花が咲いたことだ。里近い山の霞よ、どうか立たないでいておくれ。(春も終わりのこの美しい景色を眺めていたいから。)

作者略歴

一〇四一年～一一一一年。大江匡房。大江匡衡《まさひら》・赤染衛門の曽孫。信濃守大江成衡《なりひら》の子。神童と呼ばれ、若くして和漢学に通じていた。後に東宮学士となり権中納言正二位に至る。

74

うかりける人《ひと》を初瀬《はつせ》の山《やま》おろしよはげしかれとは祈《いの》らぬものを

源俊頼《みなもとのとしより》朝臣《あそん》

うかりける
人《ひと》を初瀬《はつせ》の
山《やま》おろしよ
はげしかれとは
祈《いの》らぬものを

解釈

私につれない人が、私になびくようにと祈ったのです。初瀬の山おろしよ、そなたのようにますます激しくなってくれと祈ったわけではないのですよ。

作者略歴

一〇五五年～一一二九年。大納言経信の子。堀河・鳥羽・崇徳天皇に仕えた。官は従四位上木工頭《もくのかみ》で終るが、「金葉集」の選者になるなど、歌界では活躍した。

〈千載集・恋二〉

75 契《ちぎ》りおきしさせもが露《つゆ》を命《いのち》にてあはれ今年《ことし》の秋《あき》もいぬめり

藤《ふじ》原《わらの》基《もと》俊《とし》

契《ちぎ》りおきし
させもが露《つゆ》を
命《いのち》にて
あはれ今年《ことし》の
秋《あき》もいぬめり

〈千載集・雑上〉

解釈

あれほど堅くお約束してくださった「私を頼みにしなさい。」というお言葉を、恵みの露のように、命の綱として頼んでおりましたのに、悲しいことに、今年の秋もむなしく過ぎ去ってゆきそうでございます。

作者略歴

一〇六〇年〜一一四二年。正二位右大臣俊家の子。歌学者であり、俊頼《としより》らの新風に対して保守派の代表的歌人であった。

76
わたの原《はら》こぎ出《い》でて見《み》れば久方《ひさかた》の雲居《くもゐ》にまがふ沖《おき》つ白波《しらなみ》

法性寺《ほっしょうじ》入道《にゅうどう》前《さきの》関白《かんぱく》
太政大臣《だじょうだいじん》

わたの原《はら》
こぎ出《い》でて見《み》れば
久方《ひさかた》の
雲居《くもゐ》にまがふ
沖《おき》つ白波《しらなみ》

解釈

広々とした大海原に船を漕ぎ出して、遥か彼方を眺めてみれば、沖合には、雲とも波とも見まがうばかりの白波が立っていることです。

作者略歴

一〇九七年～一一六四年。藤原忠通《ただみち》。知足院関白忠実《ただざね》の子。母は右大臣顕房の女《むすめ》。名門に生まれ、聡明であったことから、若くして関白・氏長者に至る。晩年に法性寺に入って出家した。詩歌・書に秀でていた。

〈詞花集・雑下〉

77 瀬《せ》を早《はや》み岩《いわ》にせかるる滝川《たきがは》のわれても末《すゑ》にあわむとぞ思《おも》ふ

〈詞花集・恋上〉

崇徳院《すとくいん》

瀬《せ》を早《はや》み
岩《いわ》にせかるる
滝川《たきがは》の
われても末《すゑ》に
あはむとぞ思《おも》ふ

解釈

浅瀬の流れが早く、その早さの為に岩にせき止められ、左右に分かれていった激流も、やがては再び一つに落ち合うように、あなたと一度は別れ別れになってしまっても、行く末で必ずまたお逢いできると思っております。

作者略歴

一一一九年～一一六四年。鳥羽天皇の皇子。母は待賢門院璋子《しょうし》。五歳で即位するが、在位十八年で譲位。

78
淡路島《あはぢしま》かよふ千鳥《ちどり》の鳴《な》く声《こゑ》に幾夜《いくよ》ねざめぬ須磨《すま》の関守《せきもり》

源兼昌《みなもとのかねまさ》

淡路島《あはぢしま》
かよふ千鳥《ちどり》の
鳴《な》く声《こゑ》に
幾夜《いくよ》ねざめぬ
須磨《すま》の関守《せきもり》

解釈
遠く淡路島から須磨の浦に通ってくる千鳥の（悲しい）鳴き声に、幾夜眠りをさまされたことでしょうか、須磨の関守は。

作者略歴
生没年未詳。美濃介俊輔《みののすけとしすけ》の子。従五位下皇后宮大進《だいじん》となるが、詳しい伝記は不明。

〈金葉集・冬〉

79 秋風《あきかぜ》にたなびく雲《くも》の絶間《たえま》よりもれいづる月《つき》の影《かげ》のさやけさ

〈新古今集・秋上〉

左京大夫《さきょうのだいぶ》顕輔《あきすけ》

秋風《あきかぜ》に
たなびく雲《くも》の
絶間《たえま》より
もれいづる月《つき》の
影《かげ》のさやけさ

解釈

秋風に吹かれてたなびいている夜空の雲の絶え間から、月の光がこぼれ出ております。なんという清らかな美しさでありましょう。

作者略歴

一〇九〇年～一一五五年。藤原顕輔。正三位修理大夫顕季《あきすえ》の子。正三位左京大夫・皇后宮亮に至る。歌才を認められ、歌聖柿本人麿画像を父から譲られ、六条藤家の祖となった。

待《たい》賢《けん》門《もん》院《いんの》堀《ほり》河《かわ》

長《なが》からむ
心《こころ》もしらず
黒髪《くろかみ》の
みだれて今朝《けさ》は
物《もの》をこそ思《おも》へ

解釈

「末長く変わることはない。」とおっしゃったあなたのお心が、(本当だとは思いますが、)私にはわかりません。そのため、お逢いして別れた今朝は、寝乱れた黒髪のように心が乱れ、物思いに沈んでおります。

作者略歴

生没年未詳。神祇伯顕仲《あきなか》の女《むすめ》。前斎院令子内親王に仕え、六条と呼ばれたが、後に待賢門院に仕え、堀河と呼ばれた。待賢門院の出家に従い出家した。

〈千載集・恋三〉

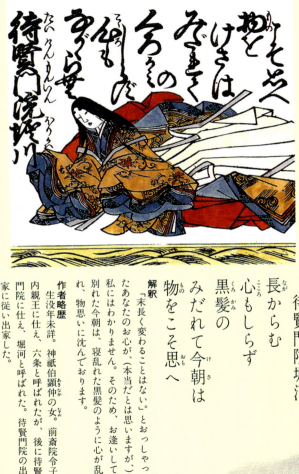

81 ほととぎす鳴《な》きつる方《かた》をながむればただ有明《ありあけ》の月《つき》ぞ残《のこ》れる

後《ご》徳《とく》大《だい》寺《じの》左《さ》大《だい》臣《じん》

ほととぎす
鳴《な》きつる方《かた》を
ながむれば
ただ有明《ありあけ》の
月《つき》ぞ残《のこ》れる

〈千載集・夏〉

解釈
ほととぎすが鋭く一声鳴いたと思い、すぐその方を眺め見やると、夏の朝焼の空には、ただ有明の月だけが残っていたことです。

作者略歴
一一三九年～一一九一年。藤原実定《さねさだ》。右大臣公能《きんよし》の子。母は権中納言俊忠《としただ》の女。祖父の徳大寺左大臣実能《さねよし》と区別する為に後徳大寺と称した。官は正二位左大臣に至る。管絃にすぐれ、蔵書家であったと伝えられる。

82

思《おも》ひわびさても命《いのち》はあるものを憂《う》きにたへぬは涙《なみだ》なりけり

道《どう》因《いん》法《ほう》師《し》

思《おも》ひわび
さても命《いのち》は
あるものを
憂《う》きにたへぬは
涙《なみだ》なりけり

解釈

つれない人を思い慕って我身を嘆いておりますが、それでも命はこの苦しみに堪えております。なのに涙は辛さに堪えられずとめどなく流れることだ。

作者略歴

一〇九〇年～没年未詳。俗名、藤原敦頼《あつより》。治部丞清孝の子。崇徳天皇に仕え、従五位上左馬助に至る。晩年出家し道因と称した。九〇歳以上生きていたと伝えられる。

〈千載集・恋三〉

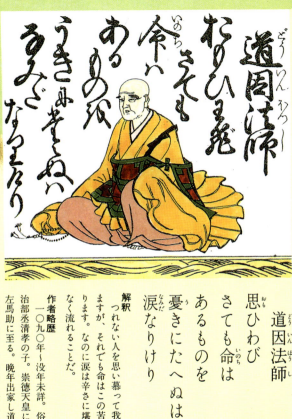

83 世《よ》の中《なか》よ道《みち》こそなけれ思《おも》ひ入《い》る山《やま》の奥《おく》にも鹿《しか》ぞ鳴《な》くなる

〈千載集・雑中〉

皇《こう》太《たい》后《ごう》宮《ぐうの》大《たい》夫《ふ》俊《しゅん》成《ぜい》

世《よ》の中《なか》よ
道《みち》こそなけれ
思《おも》ひ入《い》る
山《やま》の奥《おく》にも
鹿《しか》ぞ鳴《な》くなる

解釈

この世の中には、憂さから逃れる道などはとてもないと思い、堅く決心して山奥へ入り込んでみたものの、ここにも鹿が悲しげに鳴いていることだ。(牡鹿が妻を慕って鳴いているようだ。)

作者略歴

一一一四年～一二〇四年。藤原俊成。権中納言俊忠《としただ》の子。定家の父。後鳥羽天皇に仕え、正三位皇太后宮大夫に至る。「千載集」の選者。

84

ながらへばまたこの頃《ごろ》やしのばれむ憂《う》しと見《み》し世《よ》ぞ今《いま》は恋《こひ》しき

藤原《ふじわらの》清《きよ》輔《すけ》朝臣《あそん》

ながらへば
またこの頃《ごろ》や
しのばれむ
憂《う》しと見《み》し世《よ》ぞ
今《いま》は恋《こひ》しき

解釈

これから先も生き長らえていたなら、（辛い日々を送っている）今日この頃も懐かしく思い出されることでしょうか。辛いと思いつつ過ごしてきた昔が、今ではしみじみと恋しく思い出されるように。

作者略歴

一一〇四年〜一一七七年。左京大夫顕輔《あきすけ》の子。顕昭法師とは兄弟。官位は正四位下太皇太后宮大進。「続詞花集《しょくしかしゅう》」を撰したが、天皇の逝去により勅撰集に至らなかった。

〈新古今集・雑下〉

85 夜《よ》もすがら物思《ものおも》ふころは明《あ》けやらで閨《ねや》のひまさへつれなかりけり

俊《しゅん》恵《え》法《ほう》師《し》

夜《よ》もすがら
物思《ものおも》ふころは
明《あ》けやらで
閨《ねや》のひまさへ
つれなかりけり

〈千載集・恋二〉

解釈

一晩じゅうつれないあなたを恨んで物思いに沈んでいるこの頃は、夜が一向に明けません。（心も一向に晴れません。）寝屋戸の隙間でさえも、白んでくれず、あなたのようにつれなく思われます。

作者略歴

一一一三年〜没年未詳。源経信《つねのぶ》の孫。俊頼《としより》の子。東大寺の僧であったが、後に京都白河に住み歌林苑《かりんえん》を営み、歌合や歌会を催した。

86 なげけとて月《つき》やは物《もの》を思《おも》はするかこち顔《がほ》なるわが涙《なみだ》かな

西行法師《さいぎょうほうし》

なげけとて
月《つき》やは物《もの》を
思《おも》はする
かこち顔《がほ》なる
わが涙《なみだ》かな

解釈

嘆きなさいといって、月が私に物思いをさせるのでしょうか、いいえ決してそうではありません。（恋の思いの為であるのに、）なのにまるで月がそうさせているかのように、月にかこつけて涙が流れ落ちることよ。

作者略歴

一一一八年～一一九〇年。俗名は佐藤義清《のりきよ》。左衛門尉康清の子。鳥羽上皇に仕える北面の武士だったが、二十三歳で出家。諸国を行脚した。

〈千載集・恋五〉

87

村雨《むらさめ》の露《つゆ》もまだひぬ真木《まき》の葉《は》に霧《きり》立《た》ちのぼる秋《あき》の夕暮《ゆふぐれ》

寂蓮法師《じゃくれんほうし》

村雨《むらさめ》の
露《つゆ》もまだひぬ
真木《まき》の葉《は》に
霧《きり》立《た》ちのぼる
秋《あき》の夕暮《ゆふぐれ》

〈新古今集・秋下〉

解釈

にわか雨がひとしきり降り過ぎて、その残した露もまだ乾かない真木の葉に、山霧が静かに立ち昇ってきます。秋の夕暮はいかにも寂しいものです。

作者略歴

一一三九年頃～一二〇二年。俗名は藤原定長。俊成の兄弟である醍醐寺の阿闍梨《あじゃり》俊海《しゅんかい》の子で、俊成の養子となるが、後に離籍。従五位上中務少輔に進むが出家。諸国を行脚した。

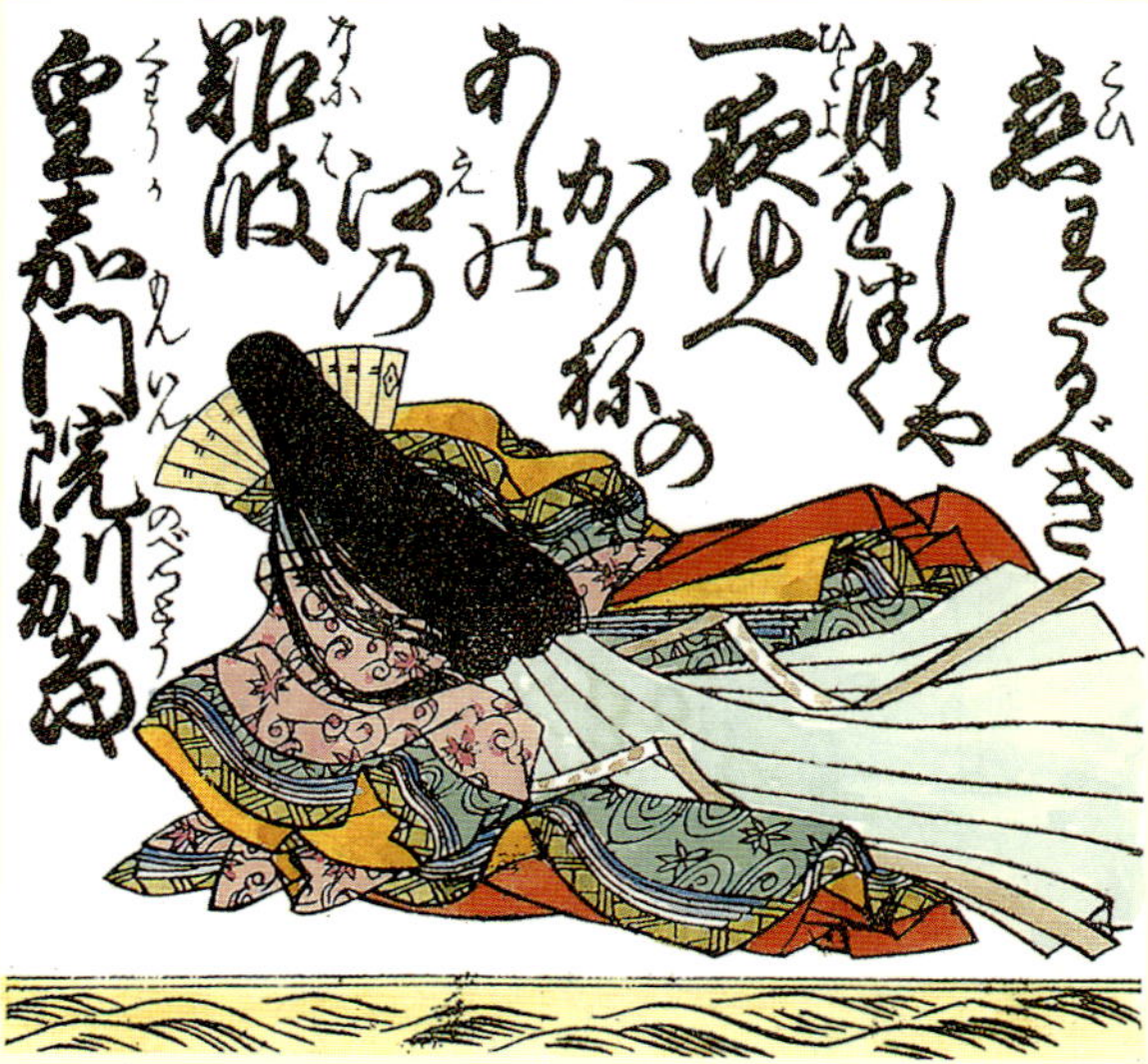

皇嘉門院別当《こうかもんいんのべっとう》

難波江《なにはえ》の
蘆《あし》のかり寝《ね》の
ひと夜《よ》ゆゑ
みをつくしてや
恋《こ》ひわたるべき

〈千載集・恋三〉

解釈

難波江の入江に茂る蘆の刈根の一節《ひとよ》のような、旅先のたった一夜の仮寝を契ったばかりに、あの澪標《みおつくし》のように、生涯身を尽くしてあなたを恋い続けることになるのでしょうか。

作者略歴

生没年未詳。太皇太后宮亮源俊隆《としたか》の女《むすめ》。皇嘉門院（法性寺関白忠通の女《むすめ》で、崇徳院皇后聖子）に仕えた。詳細はほとんど伝えられていない。

89 玉《たま》の緒《を》よ絶《だ》えなば絶《た》えねながらへば忍《しの》ぶることの弱《よわ》りもぞする

〈新古今集・恋一〉

式《しょく》子《し》内《ない》親《しん》王《のう》

玉《たま》の緒《を》よ
絶《た》えなば絶《た》えね
ながらへば
忍《しの》ぶることの
弱《よわ》りもぞする

解釈

我命よ、絶えるものならば絶えてしまっておくれ。もしこのまま生き長らえていると、胸の内に秘めて堪え忍んでいるあなたへの思いが、心が弱くなって外に現われてしまうだろうから。

作者略歴

生年未詳～一二〇一年。後白河天皇の皇女。賀茂斎院となるが病のため退下し、出家して承如法と称する。

90

見《み》せばやな雄《を》島《じま》のあまの袖《そで》だにも濡《ぬ》れにぞ濡《ぬ》れし色《いろ》はかはらず

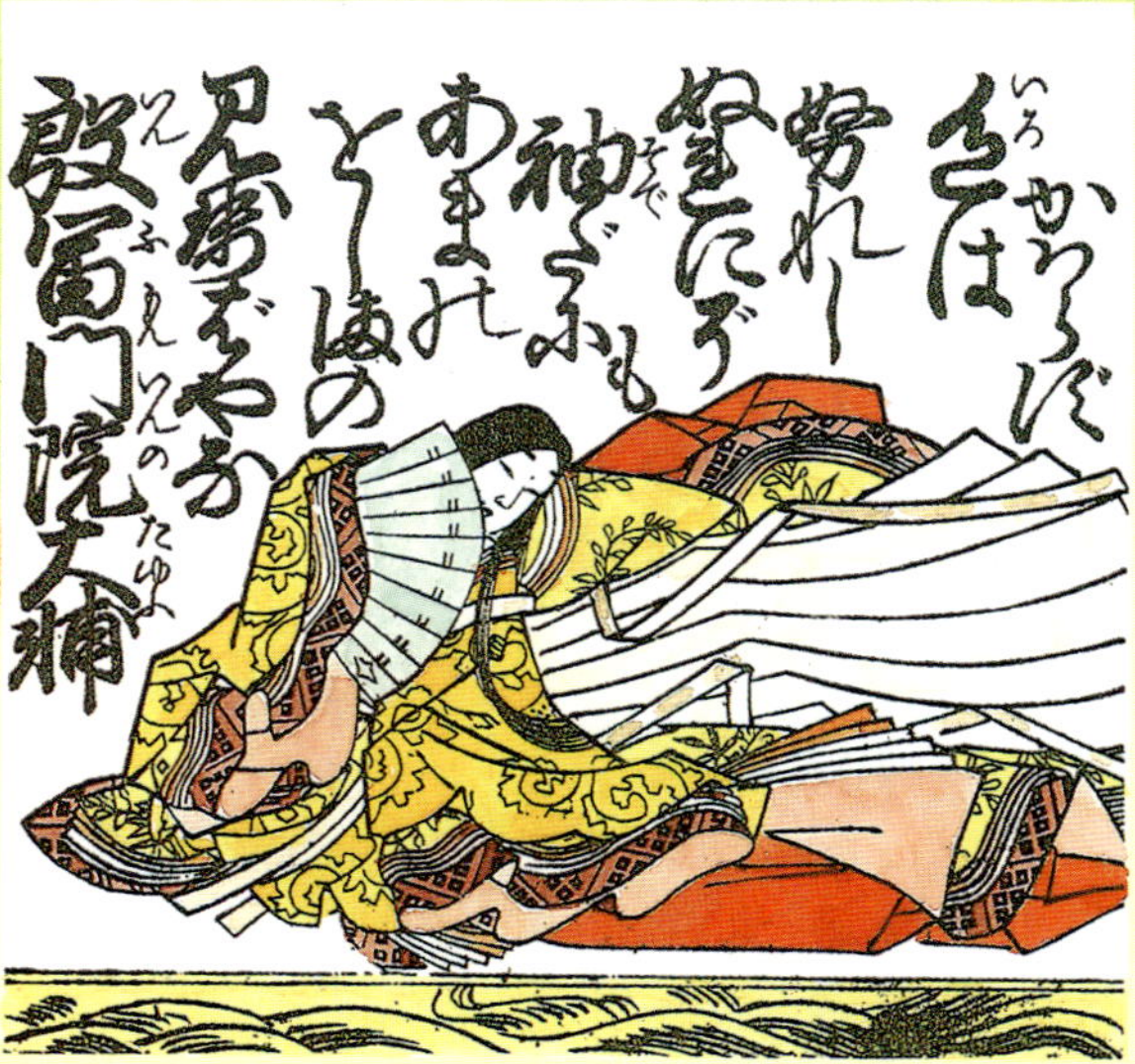

殷《いん》富《ぷ》門《もん》院《いん》大《のたい》輔《ふ》

見《み》せばやな
雄《を》島《じま》のあまの
袖《そで》だにも
濡《ぬ》れにぞ濡《ぬ》れし
色《いろ》はかはらず

解釈
あなたにこの袖をお見せしたいものです。あの松島の雄島の漁夫の袖でさえも、(毎日波に洗われ、)濡れに濡れているはずなのに色は変わっておりませんよ。(なのに、恋焦がれて流す涙で私の袖は色が変わってしまったことです。)

作者略歴
生没年未詳。従五位下藤原信成《のぶなり》の女《むすめ》。殷富門院（後白河院第一皇女亮子内親王）に仕えた。詳細は伝えられていない。

〈千載集・恋四〉

91 きりぎりす鳴《な》くや霜夜《しもよ》のさむしろに衣《ころも》かたしきひとりかも寝《ね》む

〈新古今集・秋下〉

後京極摂政前太政大臣《ごきょうごくせっしょうさきのだじょうだいじん》

きりぎりす
鳴《な》くや霜夜《しもよ》の
さむしろに
衣《ころも》かたしき
ひとりかも寝《ね》む

解釈

こおろぎが鳴いている晩秋の霜のおりた夜、寒々とした筵《むしろ》の上で、（袖を敷きかわす相手もなく、）自分の衣の片袖を敷いて、私はただひとり寂しく寝ることかなあ。

作者略歴

一一六九年～一二〇六年。藤原良経《よしつね》。後法性寺関白兼実《かねざね》の子。忠通《ただみち》の孫に当る。従一位太政大臣に至るが三十八歳で急逝。俊成や定家に和歌を学び、歌界で活躍した。

92

わが袖《そで》は潮干《しほひ》に見《み》えぬ沖《おき》の石《いし》の人《ひと》こそしらねかわく間《ま》もなし

二《に》条《じょう》院《いんの》讃《さぬ》岐《き》

わが袖《そで》は
潮干《しほひ》に見《み》えぬ
沖《おき》の石《いし》の
人《ひと》こそしらね
かわく間《ま》もなし

解釈

私の袖は、干潮になっても海中に隠れて見えない沖の石のように、どなたもお気づきにはならないでしょうが、恋の涙で濡れて乾く間とてないのです。

作者略歴

一一四一年頃～一二一七年頃。源三位《げんさんみ》頼政《よりまさ》の女《むすめ》。二条院（後白河天皇第一皇子）に仕えた。後に藤原重頼と結婚し、後鳥羽院中宮宜《ぎ》秋《しゅう》門院に仕える。中宮讃岐とも呼ばれた。

〈千載集・恋二〉

93 世《よ》の中《なか》は常《つね》にもがもな渚《なぎさ》こぐあまの小舟《をぶね》の綱手《つなで》かなしも

〈新勅撰集・羇旅《きりょ》〉

鎌倉右大臣《かまくらのうだいじん》

世《よ》の中《なか》は
常《つね》にもがもな
渚《なぎさ》こぐ
あまの小舟《をぶね》の
綱手《つなで》かなしも

解釈

この世の中は、(無常だけれども)永遠に変わらないで欲しいものです。この渚を漕いでゆく漁夫たちの、引綱をあやつるさまは、愛しく悲しいものであることよ。(いつまでも興が尽きないことだ。)

作者略歴

一一九二年〜一二一九年。源実朝《さねとも》。源頼朝《よりとも》の子。母は北条政子。建仁三年に三代将軍となり、後に正二位右大臣に至るが、甥の公暁《くぎょう》に暗殺された。『金槐《きんかい》和歌集』をまとめる。

94
み吉野《よしの》の山《やま》の秋風《あきかぜ》小夜《さよ》ふけてふるさと寒《さむ》く衣《ころも》うつなり

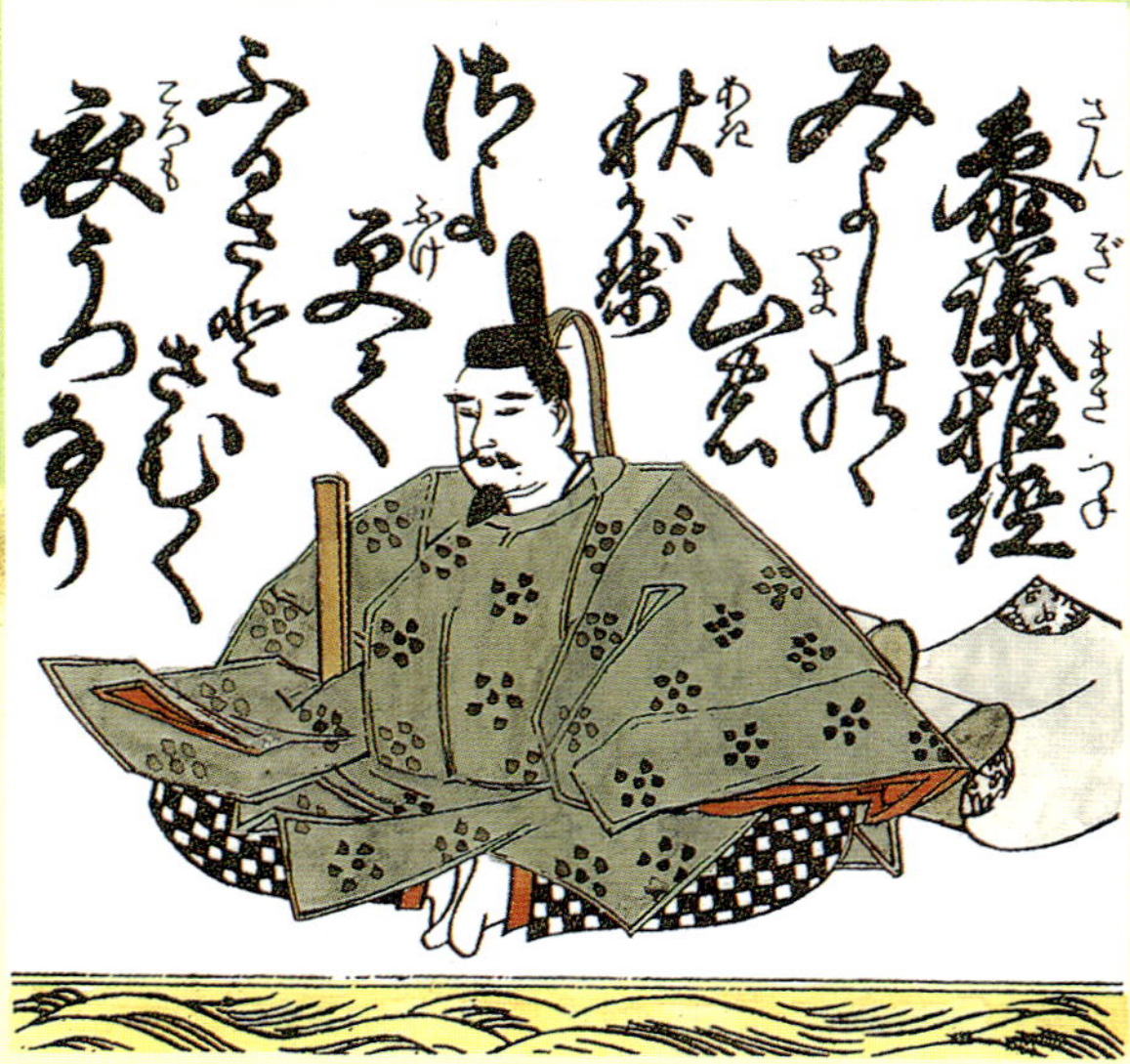

参議雅経《さんぎまさつね》

み吉野《よしの》の
山《やま》の秋風《あきかぜ》
小夜《さよ》ふけて
ふるさと寒《さむ》く
衣《ころも》うつなり

解釈

吉野の山に吹きわたる秋風がひとしお身にしみます。古い歴史のある旧都、吉野の里は夜も更けて、砧《きぬた》を打つ音が寒々と聞こえてくることです。

作者略歴

一一七〇年～一二二一年。藤原雅経。刑部《ぎょうぶの》卿頼経《きょうよりつね》の子。官は参議従三位右兵衛督《うひょうえのかみ》に至る。俊成《しゅんぜい》の門に入り、和歌所の寄人《よりうど》となり「新古今集」の選者となる。

〈新古今集・秋下〉

95

おほけなくうき世《よ》の民《たみ》におほふかなわがたつ杣《そま》に墨染《すみぞめ》の袖《そで》

前《さきの》大《だい》僧《そう》正《じょう》慈《じ》円《えん》

おほけなく
うき世《よ》の民《たみ》に
おほふかな
わがたつ杣《そま》に
墨染《すみぞめ》の袖《そで》

〈千載集・雑中〉

解釈

身の程もわきまえずに、私は比叡山に住み、憂き世の人々の悩みに、自分の墨染めの袖を覆いかけている。(法徳の至らぬ身の私が、人々を導き、保護し、幸福を守るのは不相応ではないでしょうか。)

作者略歴

一一五五年～一二二五年。法性寺関白忠通の子。十四歳で出家し、生涯に前後四回天台座主を勤める。「拾玉集」「愚管抄《ぐかんしょう》」の作者。

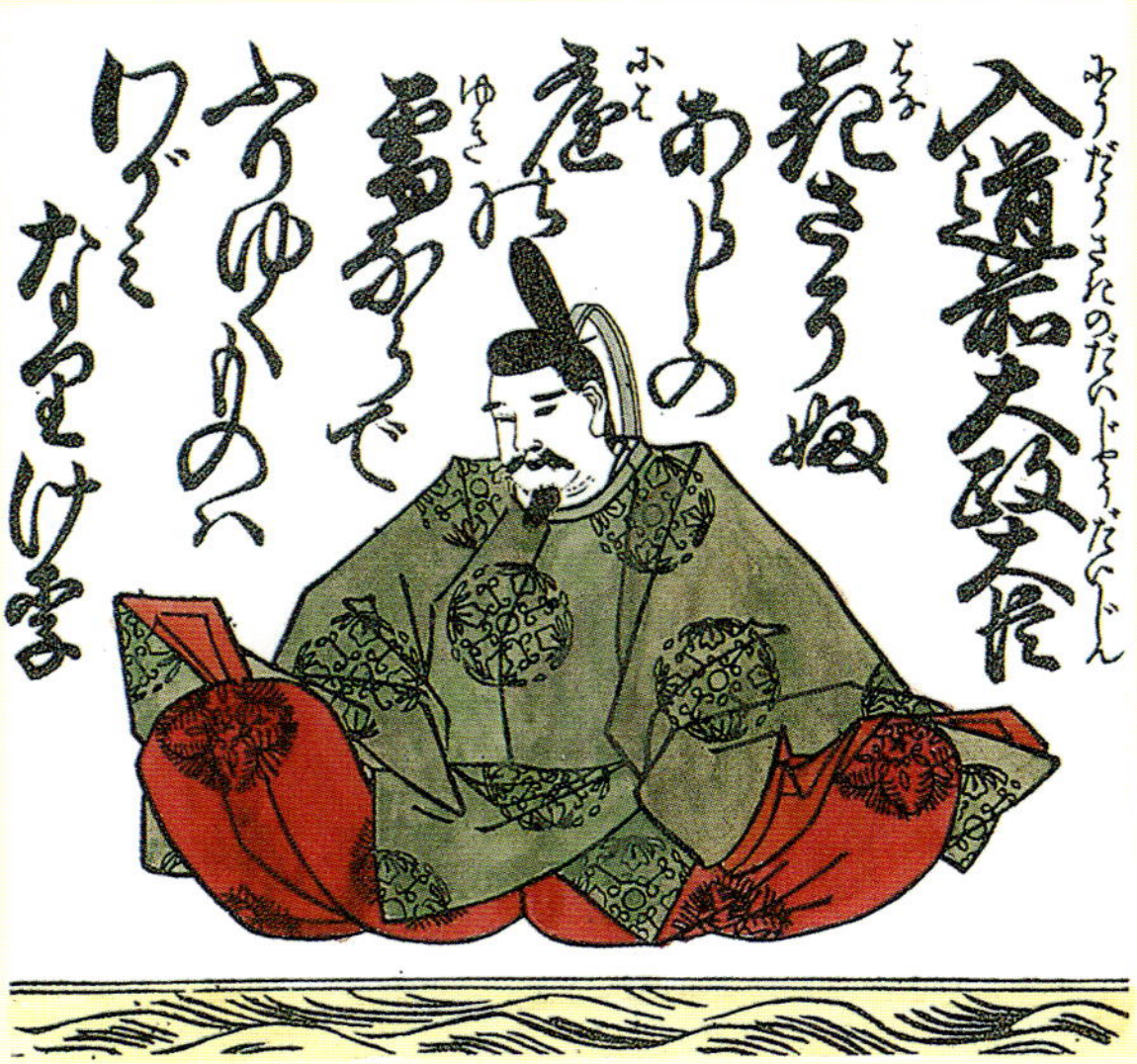

96

花《はな》さそふ嵐《あらし》の庭《には》の雪《ゆき》ならでふりゆくものは我身《わがみ》なりけり

入《にゅう》道《どう》前《さきの》太《だ》政《じょう》大《だい》臣《じん》

花《はな》さそふ
嵐《あらし》の庭《には》の
雪《ゆき》ならで
ふりゆくものは
我身《わがみ》なりけり

解釈

春の嵐に誘われて、桜の花が散り舞い、まるで雪が降るようです。でも、ふりゆくのは桜の花ではなく、ほかならぬ年ふりた（年老いた）私自身なのだなあ。

作者略歴

一一七一年～一二四四年。藤原公経。坊城内大臣実宗の子。鎌倉幕府を支持し幽囚されるが、後堀河天皇の即位より累進し、従一位太政大臣に至る。後に出家し北山に西園寺を建立した。

〈新勅撰集・雑一〉

97
来《こ》ぬ人《ひと》をまつほの浦《うら》の夕《ゆふ》なぎに焼《や》くや藻塩《もしほ》の身《み》もこがれつつ

権中納言《ごんちゅうなごん》定家《ていか》

来《こ》ぬ人《ひと》を
まつほの浦《うら》の
夕《ゆふ》なぎに
焼《や》くや藻塩《もしほ》の
身《み》もこがれつつ

〈新勅撰集・恋三〉

解釈

いくら待てども来ない人を待ち侘びるのは、夕凪のころ、松帆の浦で海女たちが焼く藻塩草のようなのです。夕暮れになると、恋に身も心も焦がれ苦しくてならないのです。

作者略歴

一一六二年～一二四一年。藤原定家。正三位皇太后宮大夫俊成の子。官は正二位権中納言に至る。俊成の後を継ぎ、歌界の指導者となる。「新古今集」や「新勅撰集」を撰した。

98 風《かぜ》そよぐならの小川《をがは》の夕暮《ゆふぐれ》はみそぎぞ夏《なつ》のしるしなりける

従《じゅ》二《に》位《い》家《いえ》隆《たか》

風《かぜ》そよぐ
ならの小川《をがわ》の
夕暮《ゆふぐれ》は
みそぎぞ夏《なつ》の
しるしなりける

解釈

そよ風が吹き、楢《なら》の葉をゆらしています。この奈良の小川の夕暮れには、もう秋の気配が漂っておりますが、六月祓《みなづきばらえ》がまだ夏を知らせていることだ。

作者略歴

一一五八年～一二三七年。藤原家隆。正二位権中納言光隆の子。寂蓮法師の養子となり俊成の門で学ぶ。「新古今集」の選者となり定家と並び称される。従二位宮内卿に進み、壬生に住んだことで壬生二位と呼ばれた。

〈新勅撰集・夏〉

99

人《ひと》もをし人《ひと》もうらめしあぢきなく世《よ》を思《おも》ふゆゑに物思《ものおも》ふ身《み》は

後鳥羽院《ごとばいん》

人《ひと》もをし
人《ひと》もうらめし
あぢきなく
世《よ》を思《おも》ふゆゑに
物思《ものおも》ふ身《み》は

〈続後撰集・雑中〉

解釈

人がいとおしく思われたり、恨らめしく思われたりします。それというのも、今の世の中が味気なく思われる為なのでしょう。物思いに絶えないのです。

作者略歴

一一八〇年～一二三九年。高倉天皇の皇子。母は七条院殖子。四歳で即位するが十九歳で譲位。討幕に破れ、隠岐に流され同地で崩御した。「新古今集」を親裁する。

100
ももしきや古《ふる》き軒端《のきば》のしのぶにも猶《なほ》あまりある昔《むかし》なりけり

順《じゅん》徳《とく》院《いん》

ももしきや
古《ふる》き軒端《のきば》の
しのぶにも
猶《なほ》あまりある
昔《むかし》なりけり

解釈
宮中の古びて荒れ果てた軒端に忍草《しのぶくさ》が生えております。その忍草を見ると、しのんでもしのびきれないほどに、遠い昔が恋しくなることよ。

作者略歴
一一九七年〜一二四二年。後鳥羽院の皇子。十四歳で即位するが、承久の変に乱れ佐渡に流され同地で崩御した。定家に学び、歌合を多く催した。

〈続後撰集・雑下〉

エピソード

1天智天皇

大化三年の三月、中大兄《なかのおおえの》皇子は法興寺の槻《つき》の木の下で蹴鞠をしていた。蹴った勢いで沓が脱げ落ちその沓を拾ったのが鎌足《かまたり》だった。これが二人の親交の始まりだと言われている。

2持統天皇

天智《てんぢ》天皇の息子である大友《おおともの》皇子と、天武《てんむ》天皇が争い、吉野から東国へ落ちてゆくときも、女ながら軍議に参加した。夫が政権を取った後も、政治の大事な場面で冷静さと度胸をみせた女性。

3柿本人麿

平安後期、人麿を敬愛していた藤原兼房は、ある夜、夢で人麿の姿を見た。紙と筆を持った六十歳位の姿だった。すぐに画工に描かせたものが、現在までの人麿の肖像の原画と言われている。

4山部赤人

出典は新古今集・冬部。だが、この歌はもともと万葉集に「田子の浦ゆ打出でて見れば真白《ましろ》にぞ富士の高嶺に雪は降りける」とあったものである。こちらが赤人本人の作と言われている。

5猿丸大夫

宗祇《そうぎ》（室町時代の連歌師）が、百人一首古注で猿丸大夫を弓削道鏡であるとし、その他の説と共に秘伝の説とした。そのために様々な誤解が生じたが、江戸時代にははっきりと否定された。

6中納言家持

桓武《かんむ》天皇が即位した直後、謀反がおこった。首謀者の一味だという噂がたち都から追放される。後に許されたが、死後にも中納言藤原種継《たねつぐ》殺害の主犯にされ、子の永主《ながぬし》が流罪になった。

7阿倍仲麿

明州《めいしゅう》から、日本に帰る船は出る。その海辺で唐人は餞別の宴を設けて仲麿をもてなした。夜になり、彼が天の原の歌を詠み、漢語に訳してみせたところ、唐人たちは皆、感じ入ったと言う。

8喜撰法師

宇治山は遙かに都を臨み、山中に四季を通じて泉がわき、世間の騒がしさとは無縁のところだった。喜撰法師がこの山を愛し住居をかまえたことから、宇治山は喜撰が嶽《だけ》と言われた。

9小野小町

在原業平《ありわらのなりひら》が八十島《やそしま》に泊まった夜、野中に歌の上の句を詠む声が聞こえた。見るとそこには目の穴から薄《すすき》が生えた髑髏《どくろ》があり、風になびく音が歌にきこえていた。小町の髑髏だったと言う。

10蝉丸

敦実《あつざね》親皇に暇をもらった蝉丸は、隠者となり、特に場所を決めることなくあちこちに住んだ。だが、延喜五年頃逢坂の関のそばに庵を定める。なお、蝉丸が盲人というのは誤りである。

11参議篁

ある時、嵯峨天皇は白楽天の漢詩を一文字変えて篁に添削させた。この時白氏文集はまだ一部しかなく、帝しか見ていなかったが、篁は原文通りに直し、帝にたいそう褒められたと言う。

12僧正遍昭

美男で歌が上手だったと言われる。出家する前は、多くの女性に歌を贈った。出家後は、妻子の愛も顧みず世に執着する心を見せなかった。

この歌は出家以前のものである。

13陽成院

馬好きで宮中で馬を飼い、馬の世話の得意な者を重く用いた。生き物を集め、蛇に蛙を呑ませ、猫に鼠をとらせ、犬と猿を戦わせた。さらに人を打ち殺すようになったので、退位させられた。

14河原左大臣

「しのぶ摺り」とは、髪を乱したような模様を摺りつけた衣である。また、「もち摺り」にも藍・忍ぶ草・萩・月・草などを摺りつけた布という意味がある。

15光孝天皇

幼い頃から書物を読み、賢く、穏やかな性格だったと言う。二十歳の時、日本に来ていた渤海《ぼっかい》（東満州に栄えた国）の使者に「天位に上る人」と言われるが、晩年になって実現した。

16中納言行平

経済の才能があり、器量のすぐれた人だった。太宰権帥《だざいのごんのそち》に任じられ西国の事務を管理し、掠奪されやすかった海路での穀物運搬を改めた。その働きが認められ、中納言まで昇進した。

17在原業平朝臣

経済の才能があり、心正しい人だったと言う兄と、弟の業平はずいぶんとちがう。歌の才能と美しい容姿の持ち主で、多くの女性と関わった。そのために昇進は、はかばかしくなかった。

18藤原敏行朝臣

ある時、村上《むらかみ》天皇が能書家で名高い小野道風《おののどうふう》を呼び、「古今の最高の妙筆は誰か」と問うた。道風は「空海と敏行」と答えた。あまりに達筆だったので、この他にも数々の伝説を残している。

19伊勢

容貌がすぐれ、優しい心の持ち主だったと言う。和歌に堪能で、その時代に名高い貫之《つらゆき》・躬恒《みつね》にも劣らないと評判だった。宇多《うだ》天皇が退位し法皇となったとき、伊勢も出家した。

20元良親皇

大変な色好みで「美しい女性がいる」と聞けば、すぐ文をおくった。この歌は、宇多《うだ》天皇の女御《にょうご》である藤原褒子《ほうし》にあてたものである。

なお、澪標とは航路標識のこと。

21素性法師

寛平《かんぴょう》法皇（宇多《うだ》帝の法皇名・かんぺいとも読む）の、宮の滝（吉野の奥にある滝）見物の案内をした。その夜、和歌を法皇から求められ、「秋山に惑う心を山河の滝の白泡に消ちや果ててん」と詠んだ。

22文屋康秀

紀貫之《きのつらゆき》は、康秀を「歌は巧みで、面白いところが目立つが、俗っぽく賤《いや》しいところがある」と言い、「商人がよい着物を着ているようだ」とたとえている。

23大江千里

和歌の才能があった。家集や句題和歌が百二十首ほど残っている。この歌は白氏文集の「燕子楼中霜月夜　秋来只為一人長」という詩をもとにして作られた。

24菅家

左遷先の筑紫で死亡。その後、都で雷の災害が続き、多くの人々が死んだため、道真の祟りだと恐れられた。醍《だい》醐《ご》天皇も左遷したことを後悔し、位をもとに戻した。のちに天満天神となる。

25三条右大臣

逢坂山は近江の名所。「さねかずら」は五味子《ごみし》という実のなる草。「かずら」とは葛かずら・蔦かずらのように、長く這うもの。手に取って手繰ることを人の来ることにかけて詠んでいる。

26貞信公

寛平法皇が大堰《おおい》川（山城の名所）を訪れ、その紅葉のあまりのすばらしさに「天皇も訪れるべきだ」と言った。御供をしていた忠平（貞信公）が、そのことを天皇に伝えると言って詠んだ歌。

27中納言兼輔

甕《みか》の原もいづみ川も山城の名所である。「わきて流るる」とは、泉（いづみ）は地面から湧き出るものであるから、「わきて流るるいづみ川」と続き、「いつ見」に掛かる序詞《じょし》となっている。

28源宗于朝臣

宇多《うだ》院の花が美しく咲きほこっていた時、公達《きんだち》が何人も集まり、歌を詠みあった。その時宗于は、「来て見れば心もゆかず故郷《ふるさと》は昔ながらの花は散れども」という歌を詠んだと言われている。

29凡河内躬恒

躬恒の家には桜の木があった。花盛りには来訪者が多かったが、散った後は、誰も来なかったので「我が宿の花見がてらに来る人は散りなん後ぞ恋しかるべき」と詠み、薄情を嘆いたと言う。

30壬生忠岑

忠岑は歌に堪能だったが、一度だけ歌の中に「白雲の下《お》り居《い》る山」と詠んでしまった。天皇の退位を「下《お》り居《い》の帝」というので、そのことを躬恒に非難された。

31坂上是則

天皇の詔《みことのり》の文を作り、記録をつかさどる大内記《だいないき》という役についていた。延喜五年三月、仁寿殿《にんじゅでん》での蹴鞠の集まりで、是則は連続して二百六回も蹴ったので帝は喜び、絹を与えたと言う。

32春道列樹

志賀の山越えの時に詠んだ歌。志賀の山越えは、山城の北白川の滝のそばから上って、近江の志賀へ出る道である。上流から流れてくる紅葉の落葉が、水面に溜まっている様子を詠んだ。

33紀友則

宮中での歌《うた》合《あ》わせの時、友則が秋の題で「春霞」と詠み始めたので、人々は笑いだしたが、「霞みて去にし雁《かり》がねは今ぞ鳴くなる秋露の上に」と続けると、笑った人は恥じ入ったと言う。

34藤原興風

高砂は播磨《はりま》（兵庫県）にある。海辺で砂が高く積もったところなのでこの名がついた。長寿を誇る松でも知られ、「待つ」や「尾上」に掛かる歌枕として使われた。

35紀貫之

貫之には長谷《はせ》詣での度に泊まる宿があった。しばらく利用せず、久しぶりに訪ねたところ、宿の主人に「あなたはこちらに来ないが、変わらずにお待ちしていた」と言われた時に返した歌。

36清原深養父

月が美しい夏の夜の、夜明けに詠んだ歌。

山城（京都府）の小野の里に深養父が建立した補陀洛寺《ふだらくじ》という寺があることが源平盛衰記にある。

37文屋朝康

寛平五年(八九三年)、是貞《これさだ》親皇の家で歌合わせがあった。その時に朝康が詠んだ歌だと言われている。

38右近

右近は権中納言某と親しくなった。彼は「あなたのことを忘れない」とすべての事にかけて誓ったが、右近から離れていってしまった。その男に贈った歌。

39参議等

浅芽《あさじ》とは芽花《つばな》の葉のこと。その浅芽の生えている野を篠原という。篠《ささ》を「しの」ともいうので、「忍ぶ」という言葉を導くために使っている。

40平兼盛

和歌がうまく、漢学にも通じ文才のある人。駿河(静岡)守をしていた時、歌で書かれた訴状を受け取る。歌人がその国の守としてくると、訴状に歌を詠んで差し出す人があったという。

41壬生忠見

天徳の歌合わせの時、初恋という題で詠んだ。左方の兼盛《かねもり》の「忍ぶれど…」という歌も、右方の忠見の歌も、共に秀歌なので判者は勝負をつけることができず、最後に天皇が兼盛を勝ちとした。

42清原元輔

「君をおきてあだし心を我持たば末の松山波越えなん」という歌をもとにして詠んだ。陸奥にある「末の松山」は、海辺にあるが高い山なのでどんな高波も越えることがないとされた。

43権中納言敦忠

敦忠の死後、管弦の集まりで奏者の博雅三《はくがのさん》位《み》が欠席し、集まりが中止になった。人々は「妙手が少なくなった。権中納言が生きていた頃、三位など重用されなかったのに」と嘆いたと言う。

44中納言朝忠

とても太っていたので常に息苦しく、痩せようと思い医者の忠告通り水づけ(飯に水をかけたもの)だけを食べていたが、大きな椀に高く盛り何杯も食べていたので全く効果がなかったと言う。

45 謙徳公

「美麗を求めるな」という父の遺言を守った。摂政となり自宅で宴を催す時、部屋の壁が少し黒ずんでいることに気付き、壁一面に壇紙《だんし》（縮緬《ちりめん》のような厚手の和紙）を貼って、人々を感心させた。

46 曾禰好忠

船岡で歌合わせがあった時、好忠は招かれないのに歌詠みの座についた。人々が理由をたずねると、好忠は「今日出席している歌詠みに自分は劣るだろうか」と答えたが、追い出されたという。

47 恵慶法師

河原院で「荒れたる宿に秋来る」という心を詠み合った時の歌。この時、他に「草しげみ庭こそ荒れて年経ぬれ忘れるものは秋の白露」という歌を詠んだ。

48 源重之

冷泉院がまだ東宮（皇太子のこと）だった頃、東宮に百首の歌を捧げた。この歌はそのうちの一つ。

49大中臣能宣朝臣

坂上望城《さかのうえのもちき》・源順《みなもとのしたごう》・紀時文《きのときぶみ》・清原元輔《きよはらのもとすけ》と共に後撰集を編纂し、梨壺《なしつぼ》の五人と称される。息子の輔親《すけちか》、娘の伊勢大輔《たいふ》も、歌詠みとして名高い。

50藤原義孝

義孝の方が兄よりも美しかったので、兄の嫉妬心を買い兄弟仲はあまりよくなかったと言う。十二歳の時、人々がつけあぐねていた上の句にすばらしい下の句をつけ周囲の人を驚かせた。

51藤原実方朝臣

陸奥の笹島で、祠を見て村人に何の神か問うた。道祖神《どうそじん》の娘で霊験ある神なので拝むよう勧められたが、聞き入れなかった。すると、実方の馬が突然倒れ、その後彼も亡くなったと言う。

52藤原道信朝臣

父の死を道信はたいへん悲しんだ。親の喪は一年で明ける。一年後喪服を脱ぐ時、「限りあれば今日ぬぎ捨てつ藤衣果てなきもの涙なりけり」と詠み、人々はその孝心に感じ入ったと言う。

53右大将道綱母

ある夜三日ぶりに兼家《かねいえ》が道綱母のところへ通ってきた時、彼女は門を開けなかった。翌朝、この歌を色の褪《あ》せた菊にさして兼家におくった。
なお、道綱母は本朝三美人の一人。

54儀同三司母

道隆と結婚し、伊周《これちか》（儀同三司）と定《てい》子《し》を生む。女ながら男勝りに文章も書いた。伊周は自分の恋人のところに通っていると勘違いして、花山《かざん》法皇に弓を射かけ、左遷された。

55大納言公任

円融院《えんゆういん》の時、大堰《おおい》川遊覧があった。詩・歌・管弦と三つの船に分けて、それぞれの道に名のある人を乗せた。この時、公任は全ての船に乗ったと言う。

56和泉式部

一条《いちじょう》天皇の中宮《ちゅうぐう》（本来は、皇后に次ぐ二番めの妃の位だが、この時代は皇后と変わらない）で、藤原道長の娘である彰子《しょうし》に仕えた。女官はいずれも名高い人たちばかりであった。

57紫式部

長い間会っていなかった幼友達が訪ねてきて、その日の夕月が隠れる様子と競うようにして帰ってしまったことを詠んだ歌。藤原道長に幾度となく言い寄られたが、品よくかわした人。

58大弐三位

仲の絶えかけた男が自分の事を言わずに、三位の心変わりを疑ってきた。それを受けて三位が詠んだ歌。
「有馬山猪名」は「有りま山否《いな》」という意味を含み歌枕として使われる。

59赤染衛門

藤原道隆《みちたか》がまだ少将だった頃、赤染衛門の兄弟の女をからかった。しばらくたって、「行く」と約束したがその女のところへ行かなかった。次の朝、その女に代わって赤染衛門が詠んだ歌。

60小式部内侍

母の和泉式部が丹後へ下った留守中、歌合わせに出かけた折、藤原定頼《さだより》に「母親に代作してもらうための使いはもう戻りましたか」と戯れられた。その時返した歌がこの歌だと言われている。

61伊勢大輔

一条天皇の時、ある人が奈良の八重桜を奉った。その場にいた伊勢大輔が「花を題に歌を」との仰せによって詠んだ歌。桜を褒めて詠む中に当代を褒め、「いにしへ」と「今日」の対比も見事な歌。

62清少納言

秦に捕らえられた孟嘗君《もうしょうくん》が、一番鶏の鳴声で開くという函谷関《かんこくかん》を、鶏の鳴き声を真似して開けさせ、逃れたという、中国の「史記」にある故事をふまえた歌。この後の男の返歌も洒落ている。

63左京大夫道雅

三条院の第一皇女当子《とうし》内親王が伊勢の斎宮《さいぐう》より帰京した時、忍んで逢っていた。この事が院の耳に入り、乳母《めのと》の不注意と怒りこの乳母を追い出し、目付け役をつけ、道雅と逢えなくした。

64権中納言定頼

宇治を訪れた時に、景色の面白さをありのままに詠んだ歌。網代《あじろ》とは、川に杭をいくつも並べ下流の方に簀子《すのこ》を作り、上がってくる氷《ひ》魚《お》を取る漁のこと。またその杭を網代木《あじろぎ》と言う。

65相模

永承六年五月五日殿上で歌合わせがあり、五番の左方で勝った歌。この時の右方の歌は、右近少将経俊の「下萌ゆる嘆きをだにも知らせばやただ火の影のしるしばかりに」である。

66前大僧正行尊

吉野から熊野にかけての七十余峰は、山伏の修験道《しゅげんどう》の場だった。吉野の大峯へ春遅く山入りした行尊は、思いがけず桜の花に出会う。その時の思いを詠んだ歌。

67周防内侍

二月の頃、月の明るい夜に二条院で、人々が話しながら夜明しをしていた。内侍が「枕が欲しい」と小さい声で言ったのを大納言忠家《ただいえ》が聞きつけ、簾《みす》の中に腕を差し入れてきた時に詠んだ歌。

68三条院

三条天皇が位を去ろうとしていた時、ふと月を見て、「禁中《きんちゅう》(宮中のこと)の月を見るのは今年が最後だろう」と思いながら詠んだ歌である。

69能因法師

能因が若かった頃、歌詠みと名高い藤原長能《ながとう》の家に偶然泊まる機会があり、歌を教わった。その教えに感動した能因は長能の弟子となる。これが和歌の師弟関係の始まりだと言う。

70良暹法師

良暹法師が俊綱《としつな》朝臣のところで時鳥《ほととぎす》の歌を詠んだ。「時鳥ながなく」というのを「時鳥が長く鳴く」と誤解して歌を詠み、彼は恥をかいたと言う。本当は「汝が鳴く」という意味であった。

71大納言経信

管弦の才のあった経信に、帝は琵琶の名器である玄象《げんぞう》と牧馬《ぼくば》を与えて弾かせ、「どちらが優れた名器か」と問うた。彼は「楽器よりも、弾く者の技量によって決まる」と答え、帝は感心したと言う。

72祐子内親王家紀伊

殿上人が宮仕えの女房たちに恋の歌を贈り、女房たちも返歌をするという艶書合《えんじょあ》わせの歌。中納言俊忠の「人知れぬ思いありそのうら風に波のよるこそいはまほしけれ」に対する返歌。

73権中納言匡房

関白頼道《よりみち》が平等院《びょうどういん》を建てようとしていた時、大門《だいもん》を北に建てることになり、過去の例を調べていた。まだ子供だったが、故事に強い匡房は関白に過去に例がある事を伝え、皆を驚かせた。

74源俊頼朝臣

俊頼は歌を簡単には詠まなかった。感動した時や深く感じ入ることがあった時、自然と心に浮かんだ歌を書き付けておき、ここぞという時に詠んで人に示したと言う。

75藤原基俊

生まれつき才能があり、文章や和歌を得意とした。だが、自信家だったので世間を見下し、人を非難することが多かった。そのため、人々に悪く言われることがよくあったと言う。

76法性寺入道前関白太政大臣

父の忠実《ただざね》が白河《しらかわ》法皇の不興を買い、法皇は忠道を、父の就いていた関白職につけようとした。だが、忠道は「人の道にはずれること」と固辞《こじ》した。法皇はその孝心に感じ入り父を許した。

77崇徳院

流された先の讃岐で院は写経をした。経を遠国に捨て置くのもわびしいので京へ送ったが、送り返された。院は怒り狂い、その後は爪も髪も切らず、天狗のような姿で過ごしたという。

78源兼昌

この歌を本歌《ほんか》（作り替えたり、一部の語句を取って別の歌を作ったりする場合のもとの歌）にして、定家《ていか》が「旅寝する夢路はたえぬ須磨の関通ふ千鳥の暁の声」と詠んでいる。

79左京大輔顕輔

すぐれた歌詠みであった顕輔は、帝から詞花《しか》集の撰者となるよう命ぜられたりと、同時代の人々からも認められていた。歌の才で名高い藤原俊成《しゅんぜい》も、初めは顕輔の養子で名を顕広《あきひろ》と言った。

80待賢門院堀河

女流歌人として名高い。家集が一巻ある。堀河の君とも、近衛の君とも言う。

81後徳大寺左大臣

住吉《すみよし》神社の歌合わせで実定はすばらしい歌を詠んだ。その後、実定の荘園の米を積んだ船が嵐で沈みそうな時に、老人が突然現れて、嵐を鎮めた。その老人は歌に感心した住吉明神だと言う。

82道因法師

行事の後、下仕《したづか》えの馬飼い達に自分の装束をやることになっていたが、敦頼は「あとで」と言い、渡さなかった。この事で馬飼い達の恨みを買い、ある時彼らに丸裸にされてしまったと言う。

83皇太后宮大夫俊成

基俊《もととし》・俊頼《としより》は二人とも名高い歌詠みだったが、仲が悪く対立していた。俊成は基俊の弟子でありながら、俊頼の歌の切り口を評価していたので、人々は「公正な人だ」と尊敬したと言う。

84藤原清輔朝臣

歌学に造詣が深かったので、人が知らないような事を持ち出して、よく質問した。皆が熱心に研究しだしたので、大事な歌合わせの前にはいつにもまして、万葉集などを見直したと言う。

85俊恵法師

歌詠みとして名高い。鴨長明《かものちょうめい》もこの人の弟子。自宅で毎月歌会を開き、人々の歌を批評した。色々なものにたとえ、細かく感想を述べたと言われている。

86西行法師

家集を山家《さんか》集という。晩年、釈迦入滅の日に死ぬことを夢みて、「願はくは花の下もとにて春死なんそのきさらぎの望月の頃」という歌を詠んだ。何年か後、二月十六日桜の下で亡くなった。

87寂蓮法師

新古今集の中の寂蓮の、「寂しさはその色としもなかりけり槇《まき》立つ山の秋の夕暮」という歌は、定家・西行の「秋の夕暮」の歌と共に、「三夕《さんせき》の歌」と言われている。

88皇嘉門院別当

藤原兼実《かねざね》がまだ若く右大臣であった時、兼実の家で開かれた歌合わせで、皇嘉門院別当が詠んだ歌。「旅宿逢恋《りょしゅくあふこひ》」(旅先で恋におちるの意)という題がついている。

89式子内親王

定家《ていか》の父俊成《しゅんぜい》が、息子の部屋で内親王の「玉の緒よ」の歌が直筆で書かれたものを見つけたという。内親王と定家は恋愛関係にあったと言われている。女性らしさの中にも激しさのある歌。

90殷富門院大輔

涙で袖の色が変わるというのは、血の涙で赤く変わるということ。血の涙は中国の故事で、紀貫之の歌にも「白玉に見えし涙も年経ればからくれなゐに移ろひにけり」というものがある。

91後京極摂政前太政大臣

当時の「きりぎりす」とは、現在のこおろぎのことである。

良経は、寝ているところに天井から槍を差し下ろされて殺された。犯人は恨みをもつ菅原為長《ためなが》だと言われる。

92二条院讃岐

歌詠みとして名高く、定家も評価した歌人。家集が一巻ある。

涙が乾かないことを初めて「沖の石」にたとえて評判をとり「沖の石の讃岐」と讃えられた。

93鎌倉右大臣

「実朝の前世は中国の禅師」と言う宋人の陳和卿《ちんわけい》の言葉を信じて、中国に行くための大船を陳和卿に造らせたが、あまりに大きすぎて海岸から離れず、船は由比の浜辺で朽ち果てたと言う。

94参議雅経

布地のつやをだしたり、やわらかくするために、木や砧(石の台)を使って衣を打つ。冬にそなえて、秋によく行われた。砧を打つ音は哀愁をおびており、多くの詩歌の題材になっている。

95前大僧正慈円

西行を尊敬しており、西行の歌からよく学んだ。

本来「わがたつ杣」とは比叡山のことではなかったが、次第に比叡山を意味するようになった。

96入道前太政大臣

公経が北山に西園寺《さいおんじ》を建立したため、人々は西園寺殿と呼んだ。田舎めいた場所だったが、山の有様を木々に、広大な海を池にたとえ、すばらしい庭を造った。ここは後に鹿苑寺《ろくおんじ》となった。

97権中納言定家

その歌の才能のため後鳥羽《ごとば》院に寵愛された。だが、競争心が人一倍強かったので、悪く言われることもあった。自宅で歌を詠む時は、南面の障子を開け遠くを見て姿勢正しく詠んだと言う。

98従二位家隆

俊成は家隆の学ぶ態度をみて、優れた歌詠みになることを予言した。実際に家隆は定家と並び称されるまでになった。だが「誰が一番の歌人か」と質問されると、必ず定家と答えたと言う。

99後鳥羽院

隠岐に流されてからも多くの人に慕われ、様々な歌が届いた。院も家隆《いえたか》などに歌題を出し、和歌を楽しんだ。そこで、同題の歌を並べ、判詞《はんのことば》(歌の批評)を院自ら書き「遠所歌《えんじょうた》合《あ》わせ」とした。

100順徳院

父後鳥羽院の鎌倉幕府に対する反乱のため、順徳院も流罪になった。佐渡まで院を送りにきた従者が都に帰ろうとするのを、なかなか帰そうとはしなかったと言う。

上句索引

●本索引は百人一首の上句を五十音順に掲げた。
●歌の頭に示した数字は、百人一首の一連番号である。

ア行

79 秋風にたなびく雲の絶間より……88
1 秋の田のかりほの庵の苫を荒み……10
52 明けぬれば暮るるものとは知りながら……61
39 浅茅生の小野の篠原忍ぶれど……48
31 朝ぼらけ有明の月と見るまでに……40
64 朝ぼらけ宇治の川霧たえだえに……73
3 あし引きの山鳥の尾のしだり尾の……12
78 淡路島かよふ千鳥の鳴く声に……87
45 あはれともいふべき人は思ほえで……54
43 あひ見ての後の心にくらぶれば……52
44 逢ふことの絶えてしなくはなかなかに……53
12 天つ風雲のかよひ路ふきとぢよ……21
7 天の原ふりさけ見れば春日なる……16
56 あらざらむこの世のほかの思ひ出に……65
69 嵐吹く三室の山のもみぢ葉は……78
30 有明のつれなく見えし別れより……39
58 有馬山猪名の笹原風吹けば……67
61 いにしへの奈良の都の八重桜……70
21 今来むといひしばかりに長月の……30
63 今はただ思ひ絶えなむとばかりを……72
74 うかりける人を初瀬の山おろしよ……83
65 恨みわびほさぬ袖だにあるものを……74
5 奥山に紅葉踏みわけ鳴く鹿の……14
26 小倉山峰のもみぢ葉心あらば……35

72 音にきく高師の浜のあだ波は……81
60 大江山いく野の道の遠ければ……69
95 おほけなくうき世の民におほふかな……104
82 思ひわびさても命はあるものを……91

カ行

51 かくとだにえやはいぶきのさしも草……60
6 かささぎの渡せる橋に置く霜の……15
98 風そよぐならの小川の夕暮は……107
48 風をいたみ岩うつ波のおのれのみ……57
15 君がため春の野に出でて若菜つむ……24
50 君がため惜しからざりし命さへ……59
91 きりぎりす鳴くや霜夜のさむしろに……100
29 心あてに折らばや折らむ初霜の……38
68 心にもあらでうき世にながらへば……77
97 来ぬ人をまつほの浦の夕なぎに……106
24 このたびは幣も取りあへず手向山……33
41 恋すてふ我名はまだき立ちにけり……50
10 これやこの行くも帰るも別れては……19

サ行

70 さびしさに宿を立ち出でてながむれば……79
40 忍ぶれど色にいでにけり我恋は……49
37 白露に風の吹きしく秋の野は……46
18 住の江の岸による波よるさへや……27
77 瀬を早み岩にせかるる滝川の……86

タ行

73 高砂の尾上の桜咲きにけり……82
55 滝の音は絶えて久しくなりぬれど……64
4 田子の浦にうち出でてみれば白妙の……13
16 立ち別れいなばの山の峰に生ふる……25
89 玉の緒よ絶えなば絶えねながらへば……98
34 誰をかも知る人にせむ高砂の……43
75 契りおきしさせもが露を命にて……84
42 契りきなかたみに袖をしぼりつつ……51
17 ちはやぶる神代もきかず龍田川……26

23 月見ればちぢに物こそ悲しけれ……32
13 筑波嶺の峰より落つるみなの川……22

ナ行

80 長からむ心もしらず黒髪の……89
84 ながらへばまたこの頃やしのばれむ……93
53 嘆きつつひとりぬる夜の明くるまは……62
86 なげけとて月やは物を思はする……95
36 夏の夜はまだ宵ながら明けぬるを……45
25 名にし負はば逢坂山のさねかづら……34
88 難波江の蘆のかり寝のひと夜ゆゑ……97
19 難波潟短かき蘆のふしの間も……28

ハ行

96 花さそふ嵐の庭の雪ならで……105
9 花の色は移りにけりないたづらに……18
2 春過ぎて夏来にけらし白妙の……11
67 春の夜の夢ばかりなる手枕に……76
33 久方の光のどけき春の日に……42

35 人はいさ心も知らずふる里は……44
99 人もをし人もうらめしあぢきなく……108
22 吹くからに秋の草木のしをるれば……31
81 ほととぎす鳴きつる方をながむれば……90

マ行

49 みかきもり衛士のたく火の夜はもえ……58
27 みかの原わきて流るるいづみ川……36
90 見せばやな雄島のあまの袖だにも……99
14 陸奥のしのぶもぢずり誰ゆゑに……23
94 み吉野の山の秋風小夜ふけて……103
87 村雨の露もまだひぬ真木の葉に……96
57 めぐり逢ひて見しやそれともわかぬ間に……66
100 ももしきや古き軒端のしのぶにも……109
66 もろともにあはれと思へ山桜……75

ヤ行

59 やすらはで寝なましものを小夜ふけて……68
47 八重葎しげれる宿のさびしきに……56

32 山川に風のかけたるしがらみは……41
28 山里は冬ぞ寂しさまさりける……37
71 夕されば門田の稲葉おとづれて……80
46 由良の門を渡る舟人かぢを絶え……55
93 世の中は常にもがもな渚こぐ……102
83 世の中よ道こそなけれ思ひ入る……92
85 夜もすがら物思ふころは明けやらで……94
62 夜をこめて鳥の空音ははかるとも……71

ワ行

8 わが庵は都の辰巳しかぞ住む……17
92 わが袖は潮干に見えぬ沖の石の……101
38 忘らるる身をば思はずちかひてし……47
54 忘れじの行末まではかたければ……63
76 わたの原こぎ出でて見れば久方の……85
11 わたの原八十島かけて漕ぎ出でぬと……20
20 わびぬれば今はたおなじ難波なる……29
26 小倉山峰のもみぢ葉心あらば……35

人名索引

●本索引は百人一首の作者名を五十音順に掲げた。
●上段の数字は歌の頁を、下段の数字はエピソードの頁をそれぞれ示している。

ア行
赤染衛門……68・126
安倍仲麿……16・113
在原業平朝臣……26・116
和泉式部……65・125
伊勢……28・116
伊勢大輔……70・127
殷富門院大輔……99・134
右近……47・121
右大将道綱母……62・125
恵慶法師……56・123
大江千里……32・117
凡河内躬恒……38・119
大中臣能宣朝臣……58・124
小野小町……18・114
カ行
柿本人麿……12・112
鎌倉右大臣……102・135
河原左大臣……23・115
菅家……33・117
喜撰法師……17・113
儀同三司母……63・125
紀貫之……44・120
紀友則……42・120

清原深養父……45・120
清原元輔……51・122
謙徳公……54・123
皇嘉門院別当……97・133
光孝天皇……24・115
皇太后宮大夫俊成……92・132
後京極摂政前太政大臣……100・134
小式部内侍……69・126
後徳大寺左大臣……90・132
後鳥羽院……108・136
権中納言敦忠……52・122
権中納言定家……106・136
権中納言定頼……73・127
権中納言匡房……82・130

サ行

西行法師……95・133
坂上是則……40・119
相模……74・128
前大僧正行尊……75・128
前大僧正慈円……104・135
左京大夫顕輔……88・131
左京大夫道雅……72・127
猿丸大夫……14・113
参議篁……20・114
参議等……48・121
参議雅経……103・135
三条院……77・128
三条右大臣……34・118
持統天皇……11・112
寂蓮法師……96・133
従二位家隆……107・136
俊恵法師……94・133
順徳院……109・136
式子内親王……98・134

周防内侍……76・128
崇徳院……86・131
清少納言……71・127
蟬丸……19・114
僧正遍昭……21・114
素性法師……30・117
曾禰好忠……55・123

タ行

待賢門院堀河……89・131
大納言公任……64・125
大納言経信……80・129
大弐三位……67・126
平兼盛……49・121
中納言朝忠……53・122
中納言兼輔……36・118
中納言家持……15・113
中納言行平……25・115

貞信公……35・118
天智天皇……10・112
道因法師……91・132

ナ行

二条院讃岐……101・134
入道前太政大臣……105・135
能因法師……78・129

ハ行

春道列樹……41・119
藤原興風……43・120
藤原清輔朝臣……93・132
藤原実方朝臣……60・124
藤原敏行朝臣……27・116
藤原道信朝臣……61・124
藤原基俊……84・130
藤原義孝……59・124
文屋朝康……46・121

文屋康秀……31・117
法性寺入道前太政大臣……85・130

マ行
源兼昌……87・131
源重之……57・123
源俊頼朝臣……83・130
源宗于朝臣……37・118
壬生忠見……50・122
壬生忠岑……39・119
紫式部……66・126
元良親王……29・116

ヤ行
山部赤人……13・112
祐子内親王家紀伊……81・129
陽成院……22・115

ラ行
良暹法師……79・129

カラー文庫 百人一首

2019年11月1日 第1刷発行
2023年 8 月20日 第2刷発行

編者 マール社編集部
発行者 田上妙子
印刷・製本 シナノ印刷株式会社
発行所 株式会社マール社
〒113-0033 東京都文京区本郷 1-20-9
TEL 03-3812-5437 FAX 03-3814-8872
https://www.maar.com/

ISBN 978-4-8373-2019-7 Printed in Japan

乱丁・落丁の場合はお取り替えいたします。